BESTSELLER

Jamie McGuire nació en Tulsa. Vivió con su madre en Blackwell, donde se graduó en secundaria en 1997. Asistió al Northern Oklahoma College, la Universidad Central de Oklahoma, y al Autry Technology Center, donde se graduó como técnico en radiografía. Jamie vive ahora en Enid con sus tres hijos y su esposo Jeff. Entre los libros que ha publicado, destaca la serie Beautiful, unas novelas contemporáneas que han tenido un éxito sin precedentes en su autopublicación digital, llegando a estar en los puestos más altos de más vendidos y entre los recomendados de *The New York Times* y *USA Today* sin ningún tipo de promoción.

Biblioteca

JAMIE McGUIRE

Un desastre es para siempre

Traducción de
Ana Momplet

DEBOLS!LLO

Un desastre es para siempre

Título original: *A Beautiful Wedding*

Primera edición en Debolsillo en España: noviembre, 2015
Primera edición en Debolsillo en México: mayo, 2018

D. R. © 2013, Jamie McGuire

D. R. © 2014, Penguin Random House Grupo Editorial, S. A. U.
Travessera de Gràcia, 47-49, 08021, Barcelona

D. R. © 2018, derechos de edición mundiales en lengua castellana:
Penguin Random House Grupo Editorial, S. A. de C. V.
Blvd. Miguel de Cervantes Saavedra núm. 301, 1er piso,
colonia Granada, delegación Miguel Hidalgo, C. P. 11520,
Ciudad de México

www.megustaleer.mx

D. R. © 2014, Ana Momplet, por la traducción

ISBN: 978-607-316-530-3

Impreso en México – *Printed in Mexico*

El papel utilizado para la impresión de este libro ha sido fabricado a partir de madera procedente
de bosques y plantaciones gestionadas con los más altos estándares ambientales, garantizando
una explotación de los recursos sostenible con el medio ambiente y beneficiosa para las personas.

Penguin
Random House
Grupo Editorial

Para Deana y Selena

«Si yo me estuviera ahogando tú partirías el mar
Y arriesgarías tu propia vida para rescatarme».

Jon Bon Jovi, *Gracias por amarme*

Capítulo 1

COARTADA

Abby

Lo veía venir: un desasosiego persistente y cada vez mayor reptando bajo mi piel. Cuanto más trataba de ignorarlo, más insoportable se hacía: un picor que tenía que rascar, un grito abriéndose paso hacia la superficie. Mi padre decía que esa necesidad imperiosa de hacerme con las riendas cuando todo estaba a punto de torcerse era una especie de tic, un mecanismo de defensa inherente a los Abernathy. La había sentido instantes antes del incendio y ahora volvía a sentirla.

Estaba sentada en la habitación de Travis horas después del incendio, pero mi corazón latía acelerado y mis músculos no paraban de contraerse. El instinto me empujaba hacia la puerta. Me decía que me marchara, que huyera a cualquier parte lejos de allí. Sin embargo, por primera vez en la vida, no quería irme sola. Apenas lograba concentrarme en la voz que tanto amaba. Me decía lo mucho que había temido perderme y que cuando estaba a punto de escapar se había dado media vuelta y había corrido en dirección contraria, hacia mí. Había muerto mucha gente: a algunos no los conocía, pero a otros los había visto en la cafetería de State, en clase o en otras peleas.

Lo cierto era que habíamos sobrevivido y estábamos sentados a solas en su apartamento intentando digerirlo todo. Teníamos miedo, nos sentíamos culpables… por aquellos que habían muerto y por seguir con vida. Sentía los pulmones llenos de telas de araña y llamas, y no podía quitarme el rancio olor a piel chamuscada de la nariz. Era penetrante y, aunque me había duchado, ahí seguía, mezclado con la esencia de menta y lavanda del jabón que había utilizado para intentar eliminarlo. Tampoco conseguía olvidar los sonidos. Las sirenas, los llantos, las palabras de preocupación y pánico, y los gritos de la gente que llegaba allí y se enteraba de que un amigo seguía dentro. Todos tenían el mismo aspecto: cubiertos de hollín y con esa mirada idéntica de desconcierto y desesperación. Era una pesadilla.

A pesar de que me costaba concentrarme, le oí decir:

—Lo único que me da miedo es una vida sin ti, Paloma.

Habíamos tenido demasiada suerte. Incluso en aquel rincón oscuro de Las Vegas, cuando nos atacaron los matones de Benny, por alguna razón partíamos con ventaja. Travis era invencible. En cambio, formar parte del Círculo que había organizado un combate en condiciones poco seguras que había acabado con la muerte de una infinidad de chicos de la facultad… era una pelea que ni el mismísimo Travis Maddox podría ganar. Nuestra relación había aguantado muchos contratiempos, pero Travis corría un serio peligro de ir a la cárcel. Aunque él aún no lo sabía, ese era el único obstáculo que nos podía separar. El único obstáculo que no podíamos controlar.

—Entonces no tienes nada que temer —afirmé—. Lo nuestro es para siempre.

Suspiró y apretó sus labios contra mi pelo. No creía que fuera posible sentir algo tan fuerte por una persona. Él me había protegido y ahora me tocaba a mí protegerle.

—Es esto —dijo.

—¿Cómo?

—Desde el momento en que te conocí, supe que había algo en ti que necesitaba. Al parecer no era «algo en ti». Eras tú.

Me derretí por dentro. Le amaba. Le amaba y tenía que hacer todo lo posible para que se mantuviera a salvo. Costase lo que costase, aunque fuera una locura. Solo tenía que convencerle.

Me recosté sobre él, apoyando la mejilla sobre su pecho.

—Somos nosotros, Trav. Nada tiene sentido si no estamos juntos. ¿Te has dado cuenta?

—¿Que si me he dado cuenta? ¡Llevo todo el año diciéndotelo! Es oficial. Tías buenas sin coco, peleas, que me marche, Parker, Las Vegas…, hasta un incendio. Nuestra relación todo lo puede aguantar.

—¿Las Vegas? —pregunté.

En ese momento, el plan más descabellado tomó forma en mi mente, pero cuando me quedé mirando sus ojos marrones y cálidos, todo cobró sentido. Aquellos ojos daban sentido a todo. Su rostro y su cuello seguían cubiertos de hollín mezclado con el sudor, un recuerdo de que habíamos estado a punto de perderlo todo.

Mi mente iba a mil por hora. Solo teníamos que coger lo básico y en cinco minutos podíamos estar saliendo por la puerta. Cuanto antes nos fuéramos, mejor. Nadie pensaría que dos personas se iban a subir a un avión justo después de una tragedia de tal envergadura. No tenía sentido y por eso mismo teníamos que hacerlo.

Tenía que llevarme a Travis lo suficientemente lejos y buscar una razón concreta. Algo creíble, aunque fuera una locura. Afortunadamente, las locuras no eran algo impensable para Travis y para mí. La policía podría poner en duda la declaración de las decenas de testigos que habían visto pelear a Travis aquella noche en el sótano de Keaton Hall si había alguna prueba de que unas horas más tarde nos estábamos casando en Las Vegas. Era una locura, pero no sabía qué hacer si no. No había tiempo para pensar en un plan mejor. Ya deberíamos habernos marchado.

Travis me miraba expectante, dispuesto a aceptar sin discusión todo lo que saliera de mi boquita loca. Le amaba. Maldita sea, le amaba y no podía perderle ahora, no después de lo mucho que habíamos luchado para llegar a ese momento. Cualquiera diría que éramos demasiado jóvenes para casarnos, demasiado imprevisibles. ¿Cuántas veces nos habíamos hecho daño?, ¿cuántas veces nos habíamos gritado para meternos en la cama al minuto siguiente? Pero habíamos visto lo frágil que era la vida. ¿Quién sabía cuándo podía llegarnos el final a uno de los dos? Le miré decidida. Era mío y yo era suya. Si estaba segura de algo, era de que eso era lo único que importaba.

Frunció el ceño.

—¿Sí?

—¿Has pensado en volver allí?

Arqueó las cejas de repente.

—No creo que sea una buena idea.

Unas semanas antes le había roto el corazón. Aún tenía fresco en la mente el recuerdo de Travis corriendo detrás del coche de America cuando se dio cuenta de que lo nuestro había acabado. Él iba a pelear para Benny en Las Vegas, pero yo no estaba dispuesta a volver allí. Ni siquiera por él. Lo pasó fatal el tiempo que pasamos separados. Me pidió de rodillas que fuera con él, pero yo estaba tan decidida a no volver nunca a la vida de Nevada que me marché. Sería una putada pedirle ahora que volviera. En cierto modo suponía que me mandaría al infierno por planteárselo, pero era el único plan que se me ocurría y me encontraba desesperada.

—¿Y si vamos aunque solo sea a pasar una noche?
—Solamente necesitábamos una noche. Teníamos que estar *en cualquier otro lugar*.

Miró a su alrededor en la habitación buscando en la oscuridad lo que creía que yo quería oír. Yo no quería ser esa chica que no es abierta y que causa un enorme y estúpido malentendido, pero tampoco le podía contar por qué le acababa de proponer que nos casáramos. Nunca accedería a ir.

—¿Una noche?

Era evidente que no sabía cómo contestar. Probablemente pensara que se trataba de una prueba, pero lo único que quería era que dijera que sí.

—Cásate conmigo —dije sin pensar.

Sus labios se entreabrieron formando un pequeño grito ahogado. Me quedé esperando una eternidad hasta que por fin su boca se curvó hacia arriba y selló mis labios con los suyos. Su beso exclamaba mil emociones distintas. Mi cerebro estaba desbordado de pensamientos de alivio y pánico luchando entre sí. Esto iba a funcionar. Podíamos casarnos, Travis tendría una coartada y todo iría bien.

Ay, coño.

Maldita sea. Mierda. Joder.

Me iba a casar.

Travis

Abby Abernathy era famosa por algo: no se le notaba cuando iba de farol. Podía cometer un crimen y sonreír como si fuera un día cualquiera, sabía mentir sin mover un solo músculo de la cara. Solo había una persona en el mundo capaz de aprender a leerla y esa persona tenía que llegar a comprenderla si quería tener alguna opción con ella.

Yo.

Abby había perdido su infancia y yo había perdido a mi madre, así que, aunque fuéramos dos personas a las que les costaba conectar, teníamos la misma historia. Eso me daba cierta ventaja y, tras convertirlo en mi objetivo durante los últimos meses, por fin había dado con la respuesta.

Lo que delataba a Abby era precisamente que daba pistas cuando iba de farol. Puede que no tenga sentido para muchos, pero para mí tenía todo el sentido del mundo. Era justo la falta de pistas lo que la traicionaba. La paz en sus ojos, la suavidad de su sonrisa y la relajación de sus hombros me decían que algo iba mal.

Si no la conociera tanto, habría pensado que este simplemente era nuestro final feliz, pero tramaba algo. Sentados en la terminal esperando a subirnos a un avión rumbo a Las Vegas, con Abby acurrucada en la curva de mi cuerpo, sabía que era fácil tratar de ignorarlo. Ella no paraba de levantar la mano, miraba el anillo que le había comprado y suspiraba. La mujer de mediana edad que teníamos enfrente observaba a mi prometida sonriendo, probablemente recordaba algún momento de cuando aún tenía toda la vida por delante. No sabía qué significaban en realidad los suspiros de Abby, pero yo tenía cierta idea.

Era difícil alegrarse de lo que estábamos a punto de hacer con aquel nubarrón de muertes sobre nuestras cabezas. Porque estaba literalmente sobre nuestras cabezas, en serio. Una televisión colgada de la pared estaba emitiendo las noticias locales. Imágenes del incendio y noticias de última hora se sucedían en la pantalla. Estaban entrevistando a Josh Farney. Estaba cubierto de hollín y tenía muy mal aspecto, pero me alegré al comprobar que había sobrevivido. Cuando le vi por última vez la noche anterior, estaba bastante borracho. La mayoría de los que acudían al Círculo venían pedo o se cogían el punto mientras esperaban a que mis contrincantes y yo empezáramos a intercambiar golpes. Cuando las llamas empezaron a avanzar por la sala, la adrenalina inundó las venas de todo el mundo lo suficiente como bajar el pedo hasta al más borracho.

Ojalá no hubiera pasado. Habíamos perdido a mucha gente y no era precisamente lo que más deseaba como pro-legómeno para el día de mi boda. Por experiencia propia, sabía que el recuerdo de la tragedia se descolocaría. El unir lo ocurrido a una fecha que íbamos a celebrar año tras año tendría como consecuencia que siempre estaría en el foco de nuestra mente. Maldita sea, seguían sacando cadáveres y yo actuaba como si eso fuera un fastidio. Allí había padres que no sabían si volverían a ver a sus hijos.

Ese pensamiento egoísta dio paso a la culpa, y la culpa, a la mentira. Era un auténtico milagro que nos fuéramos a casar ahora. Sin embargo, tampoco quería que Abby creye-ra que no estaba emocionado con la idea. Conociéndola, lo malinterpretaría y cambiaría de idea. Así que me centré en ella y en lo que estábamos a punto de hacer. Quería ser un novio normal, tan ilusionado que diera ganas de vomitar, que era lo menos que ella se merecía. No sería la primera vez que fingía pasar de algo que en realidad no podía quitarme de la cabeza. La prueba viva estaba acurrucada junto a mí.

En la televisión, la presentadora estaba de pie delante de Keaton Hall sosteniendo el micrófono con ambas manos y tenía el ceño fruncido.

—… Las familias de las víctimas se estarán preguntan-do quién ha sido el culpable. Devolvemos la conexión…

De repente la náusea se hizo real. Había muerto mucha gente, claro que iban a responsabilizar a alguien. ¿Había sido culpa de Adam? ¿Iría a la cárcel? ¿Iría yo? Abracé a Abby contra mí y le besé el pelo. Una mujer sentada tras el mos-trador cogió el micro y empezó a hablar. Mi rodilla empezó a temblar descontroladamente. Si no embarcábamos pronto, era capaz de coger a Abby y llevármela corriendo hasta Las Vegas. Me sentía capaz de llegar antes de que aterrizara el avión. La auxiliar de vuelo dio instrucciones para embarcar con un tono de voz que subía y bajaba siguiendo el guion de un anuncio que probablemente habría leído mil veces. Sonaba como la profesora en los dibujos de *Snoopy:* aburrida, monótona e imposible de comprender.

Lo único que tenía sentido eran los pensamientos que pasaban en bucle dentro de mi cabeza: estaba a punto de convertirme en marido de la segunda mujer a la que había querido en toda mi vida.

Ya casi era la hora. Maldita sea. ¡Sí, coño! ¡Sí, joder! ¡Me iba a casar!

Capítulo 2

EL REGRESO

Abby

Me quedé mirando la piedra deslumbrante en mi dedo y volví a suspirar. No era el típico suspiro ligero que emitiría una joven recién comprometida al observar un diamante de un tamaño tan considerable. Este iba cargado de pensamientos. Unos pensamientos pesados y profundos que me hacían tener pensamientos todavía más pesados y profundos. Pero no eran dudas. No podíamos separarnos un solo instante. Estábamos a punto de hacer lo inevitable y Travis Maddox me quería de una forma que la mayoría solo podría soñar. Mi suspiro estaba cargado a la vez de preocupación y esperanza por mi estúpido plan. Deseaba tan desesperadamente que Travis estuviera bien que mi deseo casi se podía palpar.

—Para, Paloma —dijo Travis—. Me estás poniendo nervioso.

—Es que es… demasiado grande.

—Te queda perfecto —dijo reclinándose.

Estábamos embutidos entre un hombre de negocios que hablaba en voz baja con el móvil y una pareja de ancianos. Una empleada de las líneas aéreas estaba junto al mostrador de la puerta de embarque hablando por lo que parecía una radio de banda ciudadana. Me pregunté por qué no utilizaban un micrófono normal. Anunció varios nombres y luego colgó el aparato detrás del mostrador.

—El vuelo debe de ir lleno —dijo Travis.

Tenía el brazo izquierdo apoyado en el respaldo de mi silla y me estaba acariciando el hombro con el pulgar. Intentaba fingir que estaba relajado, pero le traicionaba la rodilla, que no dejaba de moverse.

—El diamante es demasiado, tengo la sensación de que me van a atracar en cualquier momento— dije.

Travis soltó una carcajada.

—Primero, nadie te va a poner un puto dedo encima. Segundo, ese anillo está hecho para tu dedo. Lo supe en cuanto lo vi…

—Atención, pasajeros del vuelo de American 2477 con destino a Las Vegas. Solicitamos tres voluntarios para coger un vuelo más tarde. A cambio se ofrece un vale de viaje válido durante un año a partir de la salida.

Travis me miró.

—No.

—¿Tienes prisa? —preguntó con una sonrisa chulesca.

Me incliné hacia él y le besé.

—Lo cierto es que sí.

Levanté la mano y le limpié un poco de hollín debajo de la nariz que se había dejado al ducharse.

—Gracias, nena —dijo acercándome más a su cuerpo.

Miró alrededor con la cabeza alta y los ojos iluminados. No le había visto de tan buen humor desde la noche en que ganó nuestra apuesta. Me hizo sonreír. Fuera o no sensato, era maravilloso sentirse tan querida y en ese momento decidí que iba a dejar de pedir perdón por ello. Había cosas peores que encontrar muy pronto a tu alma gemela. De todas formas, ¿qué era «muy pronto»?

—Una vez tuve una conversación con mi madre acerca de ti —explicó Travis mirando por los ventanales que teníamos a la izquierda.

Aún era de noche. Lo que miraba, fuera lo que fuera, no estaba al otro lado de los cristales.

—¿Sobre mí? ¿No es un poco… imposible?

—No. Fue antes de que muriera.

La adrenalina salió disparada de donde sale disparada la adrenalina y empezó a correr por todo mi cuerpo, agolpándose en los dedos de mis manos y de mis pies. A menudo me entraban ganas de preguntarle acerca de ella, pero siempre acababa pensando en la sensación nauseabunda que me entraba cada vez que alguien me preguntaba sobre mi madre y por eso nunca me había atrevido.

Siguió hablando:

—Me dijo que debía encontrar a una chica por la que mereciera la pena luchar y que esas no se encuentran fácilmente.

Me sentí algo avergonzada, no sabía si aquello quería decir que era un verdadero coñazo. En realidad así era, pero no se trataba de eso.

—Me dijo que nunca dejara de luchar y no lo he hecho. Tenía razón. —Respiró hondo, como si estuviera dejando que ese pensamiento calara sus huesos.

La idea de que Travis pensara que yo era la mujer de la que hablaba su madre y que ella daría su aprobación me hizo sentir una aceptación que jamás había sentido. Diane llevaba casi diecisiete años muerta, pero ahora me hacía sentirme más querida que mi propia madre.

—Adoro a tu madre —le dije apoyándome en el pecho de Travis.

Me miró y, tras una breve pausa, me besó el pelo. No veía su cara, pero en su tono voz noté lo mucho que le conmovía:

—A ella también le habrías encantado. No me cabe duda.

La mujer volvió a hablar por la radio de banda ciudadana:

—Atención, pasajeros del vuelo American 2477 con destino a Las Vegas. En breves instantes empezaremos a embarcar. Comenzaremos por las personas que necesiten asistencia y quienes lleven niños pequeños. A continuación embarcarán primera clase y turista.

—¿Les vale increíblemente cansado? —preguntó Travis poniéndose en pie—. Necesito un puto Red Bull. Quizás deberíamos haber seguido con los billetes para mañana, tal y como habíamos planeado.

Levanté la ceja.

—¿Algún problema con que tenga prisa por convertirme en la señora de Travis Maddox?

Negó con la cabeza y me ayudó a levantarme.

—No, joder. Estoy flipando, si quieres que te sea sincero. Pero no quiero que vayas con prisa por miedo a cambiar de idea.

—Tal vez tenga miedo a que tú cambies de idea.

Travis se acercó a mí y me envolvió con sus brazos.

—No puedes pensar eso. Sabes que no hay nada que quiera más.

Me puse de puntillas y le di un pico.

—Lo que pienso es que estamos a punto de subir en un vuelo rumbo a Las Vegas para casarnos, eso es lo que pienso.

Travis me apretó contra sí y de pronto me recorrió desde la mejilla hasta la clavícula con un solo beso emocionado. Me entró la risa por las cosquillas en el cuello y entonces me levantó del suelo y solté una carcajada. Me besó otra vez, cogió la maleta del suelo y me llevó de la mano hacia la cola.

Enseñamos nuestras tarjetas de embarque y caminamos por el *finger* cogidos de la mano. En cuanto nos vieron, los auxiliares de vuelo nos sonrieron con complicidad. Travis se pasó de nuestro asiento para dejarme entrar, puso el equipaje de mano en el compartimento superior y se derrumbó a mi lado.

—Deberíamos intentar dormir en el vuelo, pero no estoy seguro de que podamos. Estoy demasiado acelerado.

—Acabas de decir que necesitabas un Red Bull.

El hoyuelo se le acentuó al sonreír.

—Deja de escuchar todo lo que digo. Lo más probable es que diga cosas sin sentido durante los próximos seis meses mientras intento procesar que he conseguido todo lo que siempre he querido.

Me recosté para mirarle a los ojos.

—Trav, si te preguntas por qué tengo tanta prisa en casarme contigo…, lo que acabas de decir es una entre otras muchas razones.

—Ah, ¿sí?

—Sí.

Se dejó escurrir en el asiento y apoyó la cabeza sobre mi hombro. Me acarició el cuello varias veces con la nariz y se relajó. Posé mis labios sobre su frente y después miré por la ventanilla mientras esperaba a que entrara el resto de pasajeros rezando para que el piloto se diera prisa en despegar. Jamás me había alegrado tanto de tener mi magnífica cara de póquer. Quería ponerme de pie y gritar a todo el mundo que se sentara de una vez y que el piloto nos sacara de allí, pero no me permití un solo movimiento y obligué a mis músculos a relajarse.

Los dedos de Travis se abrieron paso hasta encontrar los míos y los entrelazamos. Su respiración iba calentando la zona donde alcanzaba mi hombro, irradiando calor por todo mi cuerpo. A veces deseaba simplemente ahogarme en él. Me preguntaba qué ocurriría si mi plan no funcionaba. Si detenían a Travis, le juzgaban ante un tribunal y, en el peor de los casos, si le metían en la cárcel. Saber que cabía la posibilidad de estar separada de él durante mucho tiempo hacía que la promesa de estar con él para siempre pareciera insuficiente. Mis ojos se llenaron de lágrimas y una se derramó y rodó por mi mejilla. La enjugué rápidamente. El maldito cansancio siempre me volvía más emotiva.

Los demás pasajeros estaban guardando su equipaje y se abrochaban los cinturones. Se movían por inercia, sin saber que nuestras vidas estaban a punto de cambiar para siempre.

Me giré para mirar por la ventanilla. Cualquier cosa con tal de alejar mi atención de la urgencia de despegar.

—Corre —susurré.

Travis

En cuanto posé la cabeza en la curva del cuello de Abby me relajé. Su pelo seguía oliendo un poco a humo y aún tenía las manos rojas e hinchadas de cuando había intentado abrir la ventana del sótano. Traté de apartar esa imagen de mi mente: el hollín impregnado en su cara, sus ojos enrojecidos por el miedo e irritados por el humo, marcados por unas manchas negras alrededor. Si no me hubiera quedado, tal vez ella no hubiera sobrevivido. Y después de todo, la vida sin Abby no me parecía vida. Pasar de una situación digna de pesadilla a otra que había soñado era una experiencia bastante desconcertante, pero al estar allí apoyado sobre Abby, oyendo el zumbido del avión y a un auxiliar de vuelo que soltaba inexpresivamente anuncios por la megafonía, la transición se hizo más fácil.

Estiré la mano buscando los dedos de Abby y los entrelacé con los míos. Ella apoyó su mejilla sobre mi cabeza con tal sutileza que, si hubiera estado prestando atención a de qué hilo debía tirar para que se hinchara el chaleco salvavidas, me habría perdido su diminuta muestra de afecto.

En solo unos meses, la pequeña mujer que estaba a mi lado se había convertido en mi mundo. Fantaseaba sobre lo guapa que estaría con el vestido de novia, sobre volver a casa y ver cómo ponía el apartamento a su gusto, sobre comprar nuestro primer coche y sobre hacer todas esas aburridas cosas cotidianas que hacía la gente casada, como lavar los platos y hacer la compra juntos. Imaginaba verla subir al escenario el día de su graduación. Una vez encontráramos trabajo los dos, deberíamos crear una familia. Eso sería en solo tres o cuatro años. Ambos veníamos de hogares rotos, pero sabía que Abby sería una madre brutal. Pensé en cómo reaccionaría cuando ella me dijera que estaba embarazada e incluso me embriagó un poco la emoción imaginándolo.

No todo sería de color rosa, pero cuando atravesábamos baches era cuando mejor estábamos y ya habíamos pasado los suficientes como para saber que podíamos aguantarlos.

Mientras pensaba en un futuro en el que Abby llevaba dentro a nuestro primer hijo, mi cuerpo se relajó sobre la tela áspera del asiento del avión y me quedé dormido.

¿Qué estaba haciendo aquí? El olor a humo me quemaba la nariz y los gritos y chillidos a lo lejos me helaban la sangre, aunque tenía la cara cubierta de sudor. Estaba otra vez en las entrañas de Keaton Hall.

—*¡Paloma!* —*grité. Tosí y entreabrí los ojos, como si así fuera a ver en la oscuridad—. ¡Paloma!*

Ya había tenido esta sensación. Este pánico, la adrenalina pura del verdadero miedo a morir. La muerte estaba muy cerca, pero no pensaba en lo que sería morir asfixiado o quemado. Solo podía pensar en Abby. ¿Dónde estaba? ¿Estaba bien? ¿Cómo salvarla?

De repente vi una puerta al otro lado de la sala, iluminada por las llamas que se iban acercando. Giré el pomo y entré de un empujón en una habitación cuadrada. Solo había cuatro paredes de hormigón. Y una ventana. Un grupo de chicas y un par de chicos estaban pegados a la pared del fondo intentando alcanzar la única salvación posible.

Derek, uno de mis hermanos de fraternidad, estaba sujetando a una de las chicas mientras ella trataba de llegar desesperadamente a la ventana.

—¿Llegas, Lindsey? —gruñía él entre resuellos.

—¡No! ¡No llego! —exclamó ella alzando las manos. Llevaba una camiseta de Sigma Cappa empapada de sudor.

Derek hizo un gesto con la cabeza a su amigo. No sabía cómo se llamaba, pero estaba en mi clase de Humanidades.

—Todd, ¡levanta a Emily! ¡Es más alta!

Todd se agachó y entrelazó sus manos, pero Emily se había quedado pegada a la pared petrificada por el miedo.

—Emily, ven aquí.

Su rostro se contrajo. Parecía una niña pequeña.

—¡Quiero a mi mamá! —dijo entre gemidos.

—¡Ven aquí de una puta vez! —le exigió Todd.

Tras un instante tratando de encontrar su coraje, Emily se apartó de la pared de un empujón y metió el pie en el estribo que le ofrecía Todd. Él la impulsó hacia arriba, pero tampoco llegaba.

Lainey estaba observando cómo su amiga trataba de alcanzar la ventana. Al ver las llamas acercándose, cerró los puños contra el pecho con tanta fuerza que empezaron a temblarle.

—¡Sigue intentándolo, Emily!

—¡Vamos a probar otra cosa! —dije yo, pero ninguno me escuchó. Tal vez hubieran intentado varias rutas y esta había sido la única que encontraron.

Corrí hacia el vestíbulo oscuro y miré a mi alrededor. No había salida. No había por dónde escapar.

Volví a entrar intentando pensar en algo que pudiera salvarnos. Sábanas polvorientas cubrían los muebles apilados contra las paredes que el fuego utilizaba como camino. Un camino que conducía directamente a la habitación en la que estábamos.

Di unos pasos hacia atrás y me volví a mirar a los chicos detrás de mí. Sus ojos se abrieron aún más y se pegaron a la pared de cemento. Lainey estaba intentando escalar por ella de puro pavor.

—¿Habéis visto a Abby Abernathy? —pregunté. No me oían—. ¡Eh! —volví a gritar. Ninguno de ellos me hizo el menor caso. Me acerqué a Derek y le grité—: ¡Eh!

Sus ojos me atravesaron y se clavaron en el fuego con una expresión horrorizada. Miré al resto. Ellos tampoco me veían.

Confundido, caminé hacia la pared y salté tratando de alcanzar la ventana. De repente estaba de rodillas sobre el suelo al otro lado, mirando hacia dentro. Derek, Todd, Lainey, Lindsey y Emily seguían allí. Intenté abrir la ventana, pero no se movía. Seguí intentándolo de todas formas, pen-

sando que en cualquier momento se abriría y podría sacar-
les.

—¡Esperad! —grité—. ¡Ayuda! —volví a gritar con la
esperanza de que alguien me oyera.

Las chicas se abrazaron y Emily empezó a gemir.

—Es solo una pesadilla. Es solo una pesadilla. ¡Despierta! ¡Despierta! —decía una y otra vez.

—Lainey, coge una de las sábanas —dijo Derek—. ¡En-
róllala y métela debajo de la puerta!

Lainey se movió con dificultad para quitar la sábana
que cubría una mesa. Lindsey la ayudó y luego se quedó mirando cómo la metía desesperadamente bajo la puerta. Las
dos se echaron hacia atrás observando la puerta.

—Estamos atrapados —le dijo Todd a Derek.

Los hombros de Derek se hundieron. Lainey se acercó
a él y Derek le acarició los sucios mofletes con ambas manos.
Se miraron a los ojos. Un humo negro y espeso empezó a entrar en la habitación serpenteando por debajo de la puerta.

Emily saltó hacia la ventana.

—¡Levántame, Todd! ¡Quiero salir!, ¡quiero salir de
aquí!

Todd observó cómo saltaba con expresión derrotada.

—¡Mamá! —gritó Emily—. Mamá, ¡ayúdame! —Sus
ojos estaban fijos en la ventana, pero seguía sin verme.

Lindsey intentó coger a Emily, pero no dejaba que la
tocaran.

—Chisss... —susurró intentando tranquilizarla. Se cu-
brió la boca con las manos y empezó a toser. Miró a Todd con
lágrimas cayendo por su cara—. Vamos a morir.

—¡No quiero morir! —gritó Emily saltando aún.

Conforme el humo iba inundando la habitación, yo golpeaba la ventana una y otra vez. La adrenalina debía de ser increíble, porque ni siquiera sentía la mano golpeando contra el cristal y eso que estaba dándole con todas mis fuerzas.

—¡Ayúdenme! ¡Ayuda! —grité, pero no venía nadie.

El humo golpeó y se arremolinó contra el cristal y entonces cesaron las toses y los gemidos.

Mis ojos se abrieron de súbito y miré a mi alrededor. Estaba en el avión con Abby, con las manos agarrando los reposabrazos y cada músculo de mi cuerpo en tensión.

—Travis, estás sudando —dijo Abby. Me tocó la mejilla.

—Ahora vuelvo —contesté desabrochándome rápidamente el cinturón del asiento.

Me apresuré hacia la cola del avión, abrí la puerta del aseo y la cerré tras de mí. Levanté la palanca del lavabo, me eché agua en la cara y me miré en el espejo, viendo cómo las gotas resbalaban por mi cara y caían alrededor del lavabo.

Ellos estaban allí por mi culpa. Sabía que Keaton no era seguro, sabía que había demasiada gente en el sótano y dejé que ocurriera. Había contribuido a decenas de muertes y ahora estaba en un avión rumbo a Las Vegas. ¿Qué coño me pasaba?

Volví a mi asiento y me abroché el cinturón al lado de Abby.

Ella se quedó mirándome y notó de inmediato que algo me ocurría.

—¿Qué?

—Ha sido por mi culpa.

Negó con la cabeza, pero no alzó la voz:

—No, no hagas esto.

—Debería haber dicho que no. Debería haber insistido en buscar un lugar más seguro.

—No sabías lo que iba a pasar. —Miró a nuestro alrededor para asegurarse de que nadie nos oía—. Es horrible. Es espantoso. Pero no hemos podido evitarlo. No podemos cambiarlo.

—¿Qué pasará si me detienen, Abby? ¿Qué pasará si voy a la cárcel?

—¡Chisss! —susurró y me recordó la forma en que Lindsey intentaba tranquilizar a Emily en el sueño—. Eso no va a pasar —añadió en voz baja. Sus ojos miraban fijamente con resolución.

—Tal vez debería pasar.

Capítulo 3

AFORTUNADA

Abby

Cuando las ruedas del avión tocaron la pista de aterrizaje del Aeropuerto Internacional McCarran, Travis estaba relajado, reclinado sobre mi hombro. Las luces brillantes de Las Vegas se veían desde hacía diez minutos haciéndonos señales hacia todo lo que odiaba y hacia todo lo que quería.

Travis se desperezó lentamente y echó un vistazo por la ventanilla antes de besar la cúspide de mi hombro.

—¿Ya hemos llegado?

—Bingo. Creía que tal vez podrías dormir un poco más. Va a ser un día largo.

—Después de ese sueño no vuelvo a dormirme ni de broma —dijo estirándose—. No sé si quiero volver a dormir jamás.

Mis dedos apretaron los suyos. Odiaba verle tan afectado. Él no quería hablar de su sueño, pero tampoco era tan difícil imaginar dónde había estado mientras dormía. Me preguntaba si alguno de los supervivientes de Keaton sería capaz de cerrar los ojos sin ver el humo y las caras de pánico. El avión llegó a la terminal y la señal de «Desabróchense los cinturones» empezó a parpadear dando pie a que todo el mundo se levantara para coger su equipaje de mano. Todos tenían prisa, aunque nadie iba a salir antes que la gente que estaba sentada delante de ellos.

Me quedé sentada fingiendo tener paciencia y observé cómo Travis se levantaba a coger nuestro equipaje. Al estirarse se le subió la camiseta y dejó ver sus abdominales en movimiento tensándose mientras bajaba las maletas.

—¿Llevas el vestido dentro?

Negué con la cabeza.

—He pensado en comprarme uno aquí.

Asintió una sola vez.

—Sí, seguro que tienen muchos para elegir. Habrá más oferta para una boda en Las Vegas que en casa.

—Eso mismo pensaba yo.

Travis extendió la mano y me ayudó a dar dos pasos hacia el pasillo.

—Te pongas lo que te pongas, estarás preciosa.

Le besé en la mejilla y cogí mi maleta mientras la fila empezaba a moverse. Seguimos al resto de pasajeros a través de la puerta hacia la terminal.

—*Déjà vu* —susurró Travis.

Yo sentía lo mismo que él. Las máquinas tragaperras entonaban sus cantos de sirena y destellaban luces de colores vivos lanzando falsas promesas de suerte y grandes fortunas. La última vez que Travis y yo habíamos estado aquí nos había sido fácil distinguir a las parejas que venían a casarse y ahora me preguntaba si resultaríamos tan evidentes como ellos.

Travis me cogió de la mano al pasar por la recogida de equipajes y seguimos la señal de «Taxi». Las puertas automáticas se abrieron y salimos al aire nocturno del desierto. Seguía haciendo un calor asfixiante y seco. Respiré en medio de aquel calor dejando que Las Vegas saturara cada rincón de mi cuerpo.

Casarme con Travis iba a ser lo más difícil de las cosas más fáciles que había hecho en mi vida. Para que mi plan funcionara necesitaba despertar en mí aquellas partes que se habían adaptado a los más oscuros rincones de esta ciudad. Si Travis llegaba a sospechar que me iba a casar con él por cualquier otra razón que no fuera mi deseo de comprometerme, nunca me lo permitiría. Además no es que fuera precisamente ingenuo, al contrario: me conocía mejor que nadie y sabía de lo que era capaz. Si yo conseguía que nos casáramos y que Travis no fuera a la cárcel sin ser consciente de cómo lo había logrado, sería el mejor farol de mi vida.

A pesar de haber evitado a la multitud que esperaba en la recogida de equipajes, encontramos una larga cola para conseguir un taxi. Suspiré. Deberíamos estar casándonos. Ya era de noche. Habían pasado más de cinco horas desde el incendio. No nos podíamos permitir más tiempo.

—Paloma —Travis me apretó la mano—, ¿estás bien?

—Sí —dije agitando la cabeza y sonriendo—. ¿Por qué?

—Pareces… un poco tensa.

Traté de controlar mi cuerpo, mi postura, la expresión de mi cara, cualquier cosa que pudiera traicionarme. Tenía los hombros tan tensos que me llegaban a la altura de las orejas, así que los obligué a relajarse.

—Simplemente estoy lista.

—¿Para quitártelo de encima? —preguntó tensando mínimamente las cejas. Si no le conociera, ni siquiera me habría dado cuenta.

—Trav —dije mientras le rodeaba la cintura con mis brazos—, esto ha sido idea mía, ¿recuerdas?

—También lo fue la última vez que vinimos a Las Vegas. ¿Te acuerdas de cómo acabó?

Me reí y entonces me sentí fatal. La línea vertical que se le dibujaba cuando tensaba las cejas se acentuó. Esto significaba mucho para él. Casi siempre me agobiaba de lo mucho que me quería, pero esta noche era distinto.

—Sí, tengo prisa. ¿Tú no?

—Sí, pero hay algo raro.

—Solo estás nervioso. Deja de preocuparte.

Su expresión se suavizó y se agachó para besar mi pelo.

—Vale, si dices que estás bien, te creo.

Quince minutos más tarde, estábamos los primeros de la cola. Un taxi se detuvo junto al bordillo. Travis me abrió la puerta, me metí en el asiento trasero y me deslicé esperando a que entrara.

El taxista miró por encima del hombro.

—¿Una estancia corta?

Travis se colocó delante nuestra maleta de mano, en el suelo del coche.

—Viajamos ligeros de equipaje.

—Al Bellagio, por favor —dije con voz tranquila, tratando de disfrazar la urgencia que sentía.

Una melodía dulce y circense con una letra que no entendía sonaba por los altavoces del taxi mientras íbamos del aeropuerto hacia la Franja. Las luces del hotel se veían varias millas antes de llegar.

Cuando llegamos a la Franja, observé el río de gente que circulaba por la calle. Incluso en plena madrugada, las aceras estaban a rebosar de solteros, mujeres empujando un carrito con su bebé dormido, gente disfrazada haciéndose fotos a cambio de una propina y hombres de negocios con aspecto de estar buscando algo de relax.

Travis rodeó mis hombros con su brazo. Me apoyé sobre él mientras intentaba no mirar mi reloj por décima vez.

El taxi se metió en la rotonda de entrada del Bellagio y Travis se adelantó para entregarle varios billetes al conductor. Luego sacó la maleta de ruedas y se quedó esperándome. Salí del coche cogiendo su mano y puse el pie sobre el hormigón. Como si no fuera de madrugada, había gente esperando un taxi para ir al casino mientras que otros regresaban haciendo eses y riéndose tras una larga noche bebiendo.

Travis me apretó la mano.

—Estamos aquí de verdad.

—¡Sí! —exclamé tirando de él hacia el interior del hotel.

Los techos tenían una decoración que llamaba la atención. Todo el mundo en el vestíbulo estaba de pie mirando hacia arriba.

—¿Qué estás…? —dije volviéndome hacia Travis.

Permitió que tirara de él, pero no dejó de mirar el techo.

—¡Mira, Paloma! Es… ¡Uau! —exclamó asombrado por las enormes flores multicolores que besaban el techo.

—¡Sí! —contesté arrastrándole hacia el mostrador de recepción.

—Tenemos una reserva —expliqué— y queríamos concertar una boda en una capilla local.

—¿En cuál? —preguntó el hombre.

—Da igual. En una bonita. Una que esté abierta las veinticuatro horas.

—Bien, podemos organizarlo. Permítame que les tome los datos y el conserje les ayudará a buscar una capilla matrimonial, espectáculos y todo lo que deseen.

—Genial —respondí volviéndome hacia Travis con una sonrisa triunfal.

Él seguía mirando el techo.

—¡Travis! —exclamé tirándole del brazo.

Se volvió, saliendo de su estado de hipnosis.

—¿Sí?

—¿Puedes acercarte al conserje para organizar la boda? Nos hemos registrado a nombre de Maddox —le expliqué al recepcionista sacando la reserva—. Este es nuestro número de confirmación.

—Ah, de acuerdo. También tenemos una suite de luna de miel disponible por si lo desean.

Negué con la cabeza.

—Está bien así.

Travis estaba al otro extremo del mostrador hablando con un hombre. Estaban mirando un folleto juntos y tenía una sonrisa inmensa en la cara mientras el tipo le enseñaba las distintas capillas.

—Por favor, que salga bien —me dije entre dientes.

—¿Decía, señora?

—Eh…, nada —contesté, y el recepcionista siguió tecleando en su ordenador.

Travis

Abby se inclinó hacia mí sonriendo, le besé la mejilla y continuó con la inscripción mientras yo me acercaba al conserje para buscar una capilla. Observé a la mujer que estaba a punto de convertirse en mi esposa, sus largas piernas apoyadas en esos zapatos de tacón de cuña que hacen que unas piernas preciosas sean aún más bonitas. Su camiseta holgada y fina, lo suficientemente transparente como para que me fastidiara ver que llevaba una camiseta sin mangas debajo. Tenía sus gafas de sol favoritas encajadas sobre su sombrero de fieltro favorito y a los lados caían varios mechones de su pelo color caramelo, ligeramente ondulado por haberse secado al aire después de la ducha. Joder, ¡qué sexi era la tía! Lo único en lo que podía pensar era en meterle mano y no tenía ni que proponérselo. Ahora que estábamos comprometidos no parecía algo tan canalla.

—¿Señor? —dijo el conserje.

—Eh, sí. ¡Qué hay! —le saludé echándole otro vistazo a Abby antes de dedicarle mi atención a aquel tipo—. Necesito una capilla. Que esté abierta toda la noche. Con clase.

Sonrió.

—Por supuesto, señor. Tenemos varias aquí mismo, en el Bellagio. Son realmente preciosas y…

—No tendrán a Elvis en una de sus capillas, ¿verdad? Es que, ya que nos vamos a casar en Las Vegas, podría casarnos Elvis o al menos estar de invitado, ¿sabe?

—No, señor, lo siento, pero las capillas del Bellagio no ofrecen imitadores de Elvis. Pero puedo buscar un par de números a los que puede llamar y pedir que venga uno a su boda. Si lo prefiere, también está la famosa capilla Graceland, claro. Tienen paquetes que incluyen a un imitador de Elvis.

—¿Con clase?

—Estoy seguro de que será de su agrado.

—Vale, pues esa. Lo antes posible.

El conserje sonrió.

—¿Tienen prisa?

Iba a sonreírle, pero me di cuenta de que ya estaba sonriendo y probablemente lo estaba haciendo como un idiota desde que me había acercado al mostrador.

—¿Ve a esa chica?

El conserje la miró. Rápidamente. Con respeto. Me caía bien.

—Sí, señor. Es usted afortunado.

—Joder, y que lo diga. Concierte una boda para dos dentro de… ¿tres horas? Necesitará algo de tiempo para comprar un par de cosas y arreglarse.

—Muy considerado por su parte, señor. —Apretó un par de botones en su teclado, cogió el ratón y lo movió pulsándolo varias veces. La sonrisa desapareció mientras se concentraba para después volver a iluminarse cuando terminó. La impresora empezó a zumbar y enseguida me entregó una hoja de papel—. Aquí tiene, señor. Enhorabuena.

Levantó la mano y se la choqué sintiéndome como si me hubiera dado un décimo premiado de lotería.

Capítulo 4

TRES HORAS

Travis

Abby me cogió de la mano y tiró de mí mientras avanzábamos por el casino hacia los ascensores. Yo iba arrastrando los pies, tratando de echar un vistazo antes de subir. Apenas hacía unos meses desde la última vez que estuvimos en Las Vegas, pero ahora era menos estresante. Estábamos aquí por una razón mucho mejor. Aun así, ella seguía en modo práctico y se negaba a pararse el tiempo suficiente para que me sintiera cómodo entre las mesas. Odiaba Las Vegas y con razón, lo cual me hacía preguntarme aún más por qué habría elegido venir a este sitio. Sin embargo, mientras estuviera empeñada en convertirse en mi mujer, tampoco iba a discutírselo.

—Trav —dijo enfurruñada—, los ascensores están… ahí. —Y me tiró de la manga varias veces hacia su objetivo.

—Estamos de vacaciones, Paloma. Enfría los motores.

—No, nos vamos a casar y tenemos menos de veinticuatro horas para hacerlo.

Apreté el botón y nos apartamos a un espacio vacío alejado de la multitud. Tampoco debería extrañarme ver a tanta gente terminando la velada tan cerca del amanecer, pero hasta un chico salvaje de fraternidad como yo se podía sorprender aquí.

—Aún no me lo creo —dije. Acerqué sus dedos a mi boca y los besé.

Abby seguía con la mirada clavada sobre la puerta del ascensor viendo cómo los números iban descendiendo.

—Ya lo has mencionado. —Me miró y la comisura de sus labios se alzó ligeramente—. Créetelo, cariño. Estamos aquí.

El pecho se me hinchó y los pulmones se me llenaron de aire, preparándose para soltar un largo suspiro. No recordaba haber sentido los huesos y los músculos tan relajados en los últimos tiempos ni nunca. Mi mente estaba en calma. Era raro sentir todo eso, saber lo que acabábamos de dejar atrás en el campus y a la vez sentirme tan responsable. Era desconcertante e inquietante estar feliz un segundo y al siguiente sentirme como un criminal.

Se abrió una ranura entre las puertas del ascensor y estas se separaron lentamente, permitiendo que sus ocupantes salieran al vestíbulo. Abby y yo entramos juntos con nuestra pequeña maleta de lona con ruedas. Una mujer llevaba un bolso grande, una bolsa de mano del doble de tamaño que la nuestra y una maleta de cuatro ruedas vertical donde cabrían dos niños pequeños por lo menos.

—¿Se viene a vivir aquí? —le pregunté—. ¡Mola!

Abby me clavó el codo en las costillas. La mujer me observó detenidamente, después miró a Abby y, con acento francés, dijo:

—No. —Luego apartó la mirada, claramente molesta de que le hubiera dirigido la palabra.

Abby y yo nos miramos y entonces se le abrieron los ojos, como diciendo silenciosamente: «Uau, ¡menuda bruja!». Intenté no reírme. Maldita sea, cómo quería a esa mujer y cómo me gustaba saber lo que estaba pensando sin decirnos una sola palabra.

La francesa asintió.

—Piso treinta y cinco, por favor.

Casi el ático. Por supuesto.

Cuando las puertas se abrieron en el piso veinticuatro, Abby y yo salimos y nos quedamos sobre la elegante alfombra un poco perdidos. Iniciamos entonces el típico paseo que la gente hace siempre para buscar su habitación. Por fin, al final del pasillo, Abby insertó la llave electrónica y la sacó rápidamente.

La puerta hizo clic. Se encendió la luz verde. Y estábamos dentro.

Abby encendió la luz, se quitó el bolso por encima de la cabeza y lo tiró sobre la inmensa cama. Me sonrió.

—Esto está bien.

Solté el asa de la maleta dejando que se volcara y cogí a Abby entre mis brazos.

—Ya está. Estamos aquí. Cuando durmamos en esa cama más tarde, seremos marido y mujer.

Abby me miró a los ojos profundamente pensativa y posó la palma de su mano sobre mi mejilla. Un extremo de su boca se arqueó hacia arriba.

—Y tanto que lo seremos.

Ni siquiera pude empezar a imaginar los pensamientos que fluían tras sus preciosos ojos grises, porque casi al instante desapareció aquella mirada pensativa.

Se puso de puntillas y me dio un pico.

—¿A qué hora es la boda?

Abby

—¿Dentro de tres horas?

Aunque mi cuerpo entero quería tensarse, logré mantener los músculos relajados. Estábamos perdiendo demasiado tiempo y no tenía forma de explicarle a Travis por qué necesitaba hacerlo de una vez.

¿Hacerlo de una vez? ¿De verdad me sentía así? Tal vez no fuera solo porque Travis necesitaba una coartada creíble. Tal vez temiera echarme atrás si teníamos demasiado tiempo para pensar lo que estábamos haciendo.

—Sí —contestó Travis—. Imaginaba que necesitarías tiempo para encontrar un vestido, arreglarte el pelo y todas esas cosas de tías. ¿Me…, me he equivocado?

—No. No, está bien. Supongo que simplemente creía que llegaríamos e iríamos directamente al grano. Pero tienes razón.

—No vamos al Red, Paloma. Vamos a casarnos. Sé que no es una iglesia, pero pensé que podíamos…

—Sí. —Negué con la cabeza, cerré los ojos un segundo y entonces le miré—. Tienes razón, perdona. Iré abajo a buscar algo blanco, volveré y me arreglaré. Si no encuentro nada aquí, iré a Crystals. Allí hay más tiendas.

Travis se acercó y se detuvo a solo unos centímetros de mí. Me observó unos instantes, lo suficiente para que me estremeciera.

—Cuéntame —dijo suavemente.

Por mucho que intentara salirme por la tangente con una explicación, me conocía demasiado bien para saber (con o sin cara de póquer) que le ocultaba algo.

—Creo que lo que ves es cansancio. No he dormido en casi veinticuatro horas.

Suspiró, me besó la frente y fue al minibar. Se agachó y luego se volvió sosteniendo en la mano dos latitas de Red Bull.

—Problema resuelto.

—Mi prometido es un genio.

Me pasó una lata y me estrechó en sus brazos.

—Me gusta.

—¿Qué? ¿Ser un genio?

—Ser tu prometido.

—Ah, ¿sí? Pues no te acostumbres. Dentro de tres horas será diferente.

—Ese título me gustará todavía más.

Sonreí observando cómo Travis abría la puerta del baño.

—Mientras buscas el vestido, me voy a dar otra ducha, me afeito y luego intentaré encontrar algo que ponerme.

—¿Entonces no estarás cuando vuelva?

—¿Quieres que te espere aquí? Es en la capilla Graceland. Pensaba que nos podíamos encontrar allí.

Sacudí la cabeza.

—Molará encontrarnos en la capilla justo antes, vestidos y listos para ir juntos al altar.

—¿Y vas a andar sola por Las Vegas tres horas?

—Crecí aquí, ¿recuerdas?

Travis se quedó pensativo.

—¿No sigue Jesse currando de supervisor de mesas en el casino?

Levanté una ceja.

—No lo sé. No he hablado con él. Pero, aunque así fuera, el único casino al que me voy a acercar por aquí es al Bellagio y solo será para llegar a esta habitación.

Travis pareció quedarse satisfecho con la respuesta y asintió.

—Nos vemos allí. —Me guiñó un ojo y cerró la puerta del baño.

Cogí mi bolso de la cama, luego la llave electrónica y, tras mirar hacia la puerta del baño, cogí el móvil de Travis de la mesilla.

Abrí sus contactos, seleccioné el que necesitaba, mandé un mensaje a mi móvil con el número y lo borré en cuanto me llegó. Nada más dejar el teléfono otra vez sobre la mesilla, la puerta del baño se abrió y apareció Travis llevando solo una toalla.

—¿La licencia matrimonial? —preguntó.

—La capilla se encarga por un poco más de dinero.

Travis asintió aliviado y volvió a cerrar la puerta.

Abrí bruscamente la puerta y fui hacia el ascensor mientras abría el teléfono y llamaba al nuevo número.

—Cógelo, por favor —susurré.

Las puertas del ascensor se abrieron. Dentro había un grupo de chicas, probablemente algo mayores que yo. Estaban riéndose y les patinaba la lengua. La mitad discutía la velada, mientras el resto decidía si deberían irse a dormir o quedarse despiertas para no perder el vuelo de regreso a casa.

—Maldita sea, ¡cógelo! —dije después del primer tono.

Tres tonos después, saltó el buzón de voz: «Hola, soy Trent. Ya sabes lo que tienes que hacer».

—¡Agh! —gruñí dejando caer la mano sobre el muslo.

La puerta se abrió y caminé decidida hacia las tiendas del Bellagio.

Después de buscar entre cosas demasiado elegantes, demasiado vulgares, con demasiado encaje, demasiadas cuentas y demasiado todo…, por fin lo encontré: el vestido con el que me iba a convertir en la señora Maddox. Era blanco, por supuesto, y por debajo de la rodilla. Bastante sencillo en realidad, salvo el cuello barco y un lazo de satén blanco alrededor de la cintura. Me puse frente al espejo y estudié cada línea y cada detalle. Era precioso y me sentía preciosa con él. En solo un par de horas estaría junto a Travis Maddox viendo cómo sus ojos devoraban cada curva de la tela.

Caminé junto a la pared estudiando el enorme surtido de velos. Después de probarme el cuarto, lo devolví a su compartimento algo nerviosa. El velo era demasiado correcto. Demasiado inocente. Me llamó la atención otro expositor. Me acerqué y pasé los dedos sobre las cuentas, las perlas, las piedras y los metales de varios pasadores. Eran menos delicados y más… de mi estilo. Había muchos sobre la mesa, pero mis ojos volvían siempre al mismo. Tenía una pequeña peineta plateada y el resto estaba formado por decenas de diamantes de imitación que de algún modo dibujaban una mariposa. Sin saber por qué, lo cogí en mi mano, segura de que era perfecto.

Los zapatos estaban al fondo de la tienda. No tenían una selección demasiado amplia, pero por suerte yo tampoco era demasiado exigente y cogí los primeros que vi de color plateado con tacón y tiras. Dos de ellas me pasaban por encima de los dedos y otras dos alrededor del tobillo, con unas perlas que camuflaban la hebilla. Afortunadamente tenían el número 36, así que me puse con lo único que me faltaba de mi lista: las joyas.

Elegí unas perlas sencillas, pero elegantes. En la parte de arriba, donde se enganchaban a la oreja, tenían una pequeña zirconia cúbica, justo lo suficientemente ostentosa para la ocasión, e iban con una gargantilla a juego. Nunca me había gustado llamar la atención y ni siquiera en mi boda parecía que fuera a cambiar.

Pensé en la primera vez que vi a Travis. Él estaba sudoroso, sin camiseta, jadeando, y yo, cubierta de sangre de Marek Young. Hacía justo seis meses y ahora estábamos a punto de casarnos. Y tengo diecinueve años. Solo tengo diecinueve años.

«¿Qué coño estoy haciendo?».

Me quedé delante de la caja registradora viendo cómo se imprimía el recibo del vestido, los zapatos, el pasador y las joyas y tratando de no hiperventilar.

La pelirroja detrás del mostrador rasgó el recibo y me lo entregó con una sonrisa.

—Es un vestido precioso. Buena elección.

—Gracias —contesté.

No estoy segura de si le sonreí o no. Aturdida de repente, salí de la tienda con la bolsa agarrada contra el pecho.

Después de pasar un momento por la joyería para comprarle a Travis una alianza de titanio negro, miré mi móvil y lo volví a meter en el bolso. Iba bien de hora.

Cuando entraba en el casino, mi bolso empezó a vibrar. Me puse la bolsa entre las piernas y lo abrí. Después de dos tonos, mis dedos empezaron a moverse desesperadamente, cogiendo y apartando todo para llegar a tiempo al teléfono.

—¿Diga? —pregunté medio chillando—. ¿Trent?

—Abby, ¿va todo bien?

—Sí —contesté jadeando mientras me sentaba en el suelo apoyada en la máquina tragaperras más cercana—. Estamos bien ¿y tú?

—Estoy con Cami. Está bastante tocada por lo del incendio. Ha perdido a algunos de sus amigos.

—Ay, Dios, Trent. Lo siento mucho. Es increíble. No parece real —dije con un nudo en la garganta—. Había tanta gente… Probablemente sus padres ni siquiera lo sepan todavía. —Me llevé la mano a la cara.

—Sí —dijo él con voz cansada—. Parece un campo de batalla. ¿Qué es ese ruido? ¿Estás en una sala de juegos? —Parecía asqueado, como si ya supiera la respuesta y no pudiera creerse mi falta de sensibilidad.

—No, por Dios. Eh…, nos hemos venido a Las Vegas.

—¡¿Cómo?! —exclamó cabreado. O tal vez solo confuso, no estaba segura. Era un tipo impresionable.

Me estremecí ante la desaprobación que noté en su voz, porque sabía que era solo el principio. Tenía un objetivo. Necesitaba dejar mis sentimientos a un lado lo mejor posible hasta conseguir aquello por lo que había venido.

—Escucha. Es importante. No tenemos mucho tiempo y necesito tu ayuda.

—Vale, ¿para qué?

—No hables, solo escucha. ¿Me lo prometes?

—Abby, déjate de juegos. Dímelo de una puta vez.

—Anoche había mucha gente en la pelea. Ha muerto mucha gente. Y alguien va a ir a la cárcel por ello.

—¿Crees que será Travis?

—Sí, él y Adam. Tal vez John Savage y cualquier otro que crean que organizó la pelea. Por suerte Shepley estaba fuera de la ciudad.

—¿Y qué vamos a hacer?

—Le he pedido a Travis que se case conmigo.

—Eh…, vale. ¿Y cómo demonios le va a ayudar eso?

—Estamos en Las Vegas. Si podemos demostrar que estábamos aquí casándonos unas horas más tarde, por mucho que una decena de compañeros de fraternidad borrachos digan que le vieron en la pelea, sonará lo suficientemente descabellado como para despertar dudas razonables.

—Abby… —dijo él suspirando.

Su llanto se me atravesó en la garganta.

—No lo digas. Si crees que no va a funcionar, no me lo digas, ¿vale? Es lo único que se me ha ocurrido y, si Travis descubre por qué me caso, no lo hará.

—Claro que no lo hará. Abby, sé que estás asustada, pero es una locura. No puedes casarte con él para ahorrarle problemas. De todos modos, no funcionará. No os fuisteis hasta después de la pelea.

—Te he advertido que no me lo digas.

—Lo siento. Y él tampoco querría que lo hicieras. Desearía que te casaras con él porque quieres. Si algún día se enterase, se le rompería el corazón.

—No lo sientas, Trent. Va a funcionar. Al menos así tendrá una oportunidad. Es una oportunidad, ¿no? Más probabilidades que de otra forma.

—Supongo que sí —contestó resignado.

Suspiré y asentí cubriéndome la boca con la mano libre. Las lágrimas me nublaron la vista, creando una imagen caleidoscópica del casino. Una oportunidad era mejor que nada.

—Enhorabuena —dijo.

—¡Enhorabuena! —exclamó Cami detrás de él. Su voz sonaba exhausta y ronca, aunque estaba segura de que lo decía sinceramente.

—Gracias. Mantenedme informada. Avisadme si se pasan a husmear por casa o si os enteráis de algo sobre la investigación.

—Lo haremos… Joder, qué raro se me hace que nuestro hermano pequeño sea el primero en casarse.

Solté una carcajada solitaria.

—Pues vete haciendo a la idea.

—¡Vete a la mierda! Te quiero.

—Yo también te quiero, Trent.

Me quedé con el teléfono entre las manos sobre el regazo viendo cómo la gente pasaba por delante y me miraba. Evidentemente se asombraban de que estuviera sentada en el suelo, pero no lo suficiente como para preguntármelo. Me levanté. Cogí mi bolso y la bolsa con las compras e inspiré profundamente.

—Por ahí viene la novia —dije dando los primeros pasos.

Capítulo 5

PILLADO

Travis

Me sequé, me lavé los dientes y me puse unos pantalones cortos, una camiseta y mis zapatillas Nike. Listo. Maldita sea, mola ser un hombre. Ni siquiera podía imaginar lo que sería tener que secarme el pelo durante media hora, quemarlo con la primera plancha de hierro candente que pudiera encontrar y luego pasarme quince o veinte minutos maquillándome antes de vestirme. Llave. Cartera. Teléfono. Puerta. Abby dijo que había tiendas abajo, pero también insinuó con bastante énfasis que no deberíamos vernos hasta la boda, así que salí hacia la Franja.

Aunque vayas con prisa, cuando las fuentes del Bellagio bailan al son de la música, es poco americano no pararte a mirarlas fascinado. Me encendí un cigarro y le di un par de caladas apoyando los brazos en una repisa de hormigón que recorría el balcón para observarlas. Al ver el agua moviéndose y salpicar al ritmo de la música me acordé de la última vez que había estado aquí, con Shepley, mientras Abby daba un repaso al póquer a cuatro o cinco veteranos.

Shepley. Maldita sea, menos mal que no estaba en la pelea. Si le hubiera perdido o si él hubiera perdido a America, no sé si Abby y yo estaríamos aquí. Una pérdida como esa cambiaría la dinámica de nuestra relación. Shepley no podría estar con Abby y conmigo sin America, ni ella podría estar con nosotros sin Shepley. Abby no podría estar sin America. Si no hubieran decidido pasar las vacaciones de primavera con los padres de él, ahora podría estar llorando la pérdida de Shepley en vez de estar preparándome para la boda. La sola idea de llamar al tío Jack y a la tía Deana para informarles de la muerte de su único hijo me produjo un escalofrío que me recorrió la columna vertebral.

La idea se esfumó de mi mente cuando recordé el momento justo antes de llamar a mi padre, de pie delante de Keaton, viendo cómo salían columnas de humo por las ventanas. Algunos de los bomberos sostenían la manguera intentando echar agua dentro mientras otros sacaban supervivientes. Recordé la sensación: sabía que tenía que decirle a mi padre que Trent había desaparecido y que probablemente estuviera muerto. Debía explicarle que mi hermano había corrido en la dirección equivocada en medio de la confusión y que Abby y yo estábamos fuera, pero él no. Pensar lo que eso habría supuesto para mi padre, para la familia entera, me revolvió el estómago. Mi padre era el tipo más fuerte que conocía, pero no podría soportar la pérdida de nadie más.

Cuando estaban en el instituto, mi padre y Jack eran los amos de la ciudad. Fueron la primera generación de hermanos Maddox duros. En los pueblos con universidad, o los lugareños empezaban las peleas o les pisoteaban. Esto último nunca les ocurrió a Jim y Jack Maddox. De hecho conocieron y acabaron casándose con las dos únicas chicas de su universidad que sabían manejarlos: Deana y Diane Hempfling. Sí, hermanas, lo cual nos convertía a Shepley y a mí en primos por partida doble. Probablemente había sido mejor que Jack y Deana se plantaran en un hijo, en vista de los cinco salvajes que tuvo mi madre. Estadísticamente hablando, nuestra familia debía tener una niña, pero no estoy seguro de que el mundo esté preparado para una Maddox. Este espíritu de lucha y esta ira... ¿y encima los estrógenos? No quedaría nadie vivo.

Cuando nació Shepley, el tío Jack sentó la cabeza. Shepley era un Maddox, pero tenía el temperamento de su madre. Thomas, Tyler, Taylor, Trenton y yo éramos de los que explotábamos con facilidad, como mi padre; pero Shepley era tranquilo. Éramos grandísimos amigos. Era como un hermano que vivía en otra casa. De hecho era como si lo fuese, aunque se parecía más a Thomas que al resto de nosotros. Todos teníamos el mismo ADN.

La fuente se apagó y me puse en marcha, siguiendo la señal de Crystals. Si podía entrar y salir rápidamente, tal vez Abby, aunque siguiera en las tiendas del Bellagio, no me viera.

Aceleré el paso, evitando turistas cansados y demasiado borrachos. Cogí unas escaleras mecánicas, crucé un puente y ya estaba en el enorme centro comercial. Tenía rectángulos de cristal con tornados de agua de colores dentro, tiendas de lujo y la misma gama de gente rara. Desde familias a bailarines de estriptis. Tenía que ser Las Vegas.

Entré en una tienda de trajes y salí al poco tiempo con las manos vacías. Luego seguí hasta dar con una tienda de Tom Ford. En diez minutos ya había encontrado y me había probado un traje gris perfecto, pero no encontraba la corbata.

—A la mierda —dije llevando el traje y una camisa blanca de botones al mostrador. ¿Dónde está escrito que el novio tenga que llevar corbata?

Cuando ya salía del centro comercial, vi unas Converse negras en un escaparate. Entré, pedí mi talla, me las probé y sonreí.

—Me las llevo —le dije a la mujer que me atendía.

Ella me sonrió con una mirada que seis meses antes me habría puesto bastante. Cuando una mujer me miraba de esa forma, normalmente significaba que lo tendría bastante fácil si quería montármelo con ella. Esa mirada significaba «Llévame a casa».

—Buena elección —comentó con una voz suave e insinuante.

Tenía una larga melena oscura, espesa y brillante. Probablemente cubría la mitad de su metro cincuenta de altura. Tenía una belleza asiática y sofisticada, con ese vestido ceñido y unos tacones altísimos. Sus ojos eran penetrantes y calculadores. Era exactamente el tipo de reto al que mi antiguo yo se habría apuntado sin dudarlo.

—¿Te quedas en Las Vegas mucho tiempo?

—Solo unos días.

—¿Es tu primera vez aquí?

—La segunda.

—Ah. Me iba a ofrecer a enseñarte la ciudad.

—Me caso con este calzado en un par de horas.

Mi respuesta apagó el deseo de sus ojos y sonrió de forma agradable, aunque era evidente que había perdido todo interés.

—Enhorabuena.

—Gracias —contesté cogiendo el recibo y mi bolsa con la caja de zapatillas.

Me fui sintiéndome mucho mejor conmigo mismo que si estuviera aquí en un viaje de tíos y me la hubiera llevado a la habitación. En aquella época no sabía lo que era el amor. Era brutal volver a casa y ver a Abby cada noche, encontrarme con esa mirada amorosa de bienvenida en sus ojos. No había nada mejor que buscar formas de hacer que se enamorara de mí una y otra vez. Ahora vivía por estas cosas y era mucho más gratificante.

A la hora de salir del Bellagio, ya tenía traje y una alianza de oro para Abby y volvía a estar donde empecé: en la habitación del hotel. Me senté al pie de la cama y cogí el mando a distancia, encendí la tele y me agaché para desabrocharme las zapatillas. Una escena familiar apareció en la pantalla. Era Keaton, precintado con cinta amarilla, aún humeando. El ladrillo alrededor de las ventanas había quedado chamuscado y el suelo que lo rodeaba estaba encharcado de agua.

El reportero estaba entrevistando a una chica, que decía entre sollozos que su compañera de habitación no había vuelto al colegio mayor y que aún estaba intentando averiguar si se encontraba entre los fallecidos. No pude aguantarlo más. Me cubrí la cara con las manos y apoyé los codos sobre las rodillas. Mi cuerpo entero se puso a temblar y comencé a llorar por los amigos y toda la gente que no conocía que habían perdido la vida. Pedí perdón una y otra vez por ser la razón de que estuvieran allí y por ser tan cabrón de elegir a Abby en vez de entregarme. Cuando ya no me quedaban lágrimas, me metí en la ducha y me quedé bajo el chorro de agua hirviendo hasta que volví al estado en que Abby me necesitaba.

Ella no quería verme hasta justo antes de la boda, así que ordené mis pensamientos, me vestí, me eché un poco de colonia, me abroché las zapatillas nuevas y salí por la puerta. Antes de cerrar, volví a mirar detenidamente la habitación. La próxima vez que atravesara esa puerta sería el marido de Abby. Era lo único que hacía soportable el sentimiento de culpa. De repente me inundó la adrenalina y el corazón empezó a latir con fuerza. En unas horas empezaría el resto de mi vida.

Las puertas del ascensor se abrieron y seguí el diseño chillón de la alfombra a través del casino. Me sentía de la leche con el traje y la gente me miraba preguntándose adónde iría ese capullo vacilón con unas Converse. Cuando estaba a medio camino de la salida, vi a una mujer sentada en el suelo rodeada de bolsas hablando por el teléfono y llorando. Me quedé clavado. Era Abby.

Me aparté a un lado instintivamente, escondiéndome al final de una hilera de máquinas tragaperras. Entre la música, los ruidos de las máquinas y la gente hablando, no podía oír lo que decía, pero la sangre se me heló. ¿Por qué lloraba? ¿Con quién estaría hablando? ¿Es que no quería casarse conmigo? ¿Debía simplemente esperar y cruzar los dedos para que no me dejara plantado?

Abby se levantó del suelo a duras penas entre tantas bolsas. Todo en mi interior quería correr hacia ella para ayudarla, pero tenía miedo. Me aterrorizaba acercarme a ella en ese momento y que me dijera la verdad, temía oírla. El capullo egoísta que llevo dentro se acabó imponiendo y la dejé marcharse.

En cuanto desapareció, me senté sobre el taburete de una máquina tragaperras vacía y saqué el paquete de tabaco de mi bolsillo interior. Le di al encendedor, el extremo del cigarro chisporroteó y luego adquirió un color rojo mientras fumaba una larga calada. ¿Qué haría si Abby cambiaba de opinión? ¿Podríamos volver adonde estábamos después de algo así? Fuera cual fuera la respuesta, tendría que encontrar la manera de conseguirlo. Aunque ella no fuera capaz de casarse conmigo, no podía perderla.

Me quedé allí sentado durante mucho tiempo fumando y metiendo billetes de dólar en la máquina tragaperras mientras la camarera me traía bebidas gratis. Después de cuatro, le hice un gesto para que se marchara. Emborracharme antes de la boda no resolvería nada. Quizás fuera esa la razón de que Abby se lo estuviera pensando dos veces. Quererla no era suficiente. Tenía que madurar de una puta vez, buscar un trabajo de verdad, dejar de beber y de pelear, y controlar mi maldita ira. Allí sentado solo en el casino, me prometí en silencio que cambiaría todas esas cosas y que empezaría en ese mismo momento.

Sonó la alarma de mi teléfono. Solo quedaba una hora para la boda. Escribí a Abby, aunque temía lo que pudiera contestarme:

T echo d menos.

Abby

Sonreí al ver el mensaje de Travis en la pantalla del móvil. Le di a responder, aunque sabía que las palabras no podían expresar lo que sentía:

Yo tb.

Solo una hora. Lista?

Aún no. Tú?

Claro, estoy hecho un cincel. Cuando m veas seguro q kieres casart cnmigo.

Cincel?

Pincel*. Puto corrector. Foto?

No! Trae mala suerte!

Tú eres el 13 d la Suerte. Tienes buena suerte.

T vas a casar cnmigo. Está claro q tú no. Y no m llames eso.

T quiero, nena.

T quiero. Ns vemos ya.

Nerviosa?

Claro. Tú no?

Solo d q t lo pienses 2 veces.

Cn una m basta.

Ojalá pudiera explicarte lo feliz q soy ahora mismo.

No hace falta. Stoy igual.

:)

Dejé el teléfono sobre el lavabo, me miré al espejo y posé el extremo del pincel del brillo de labios sobre mi labio inferior. Terminé de recogerme el pelo y fui a la cama, donde había extendido el vestido. No era el que habría elegido cuando tenía diez años, pero era precioso y lo que estábamos a punto de hacer también era precioso. Hasta la razón por la que lo hacía era preciosa. Se me ocurrían razones mucho menos nobles por las que casarse. Además, nos amábamos. ¿Tan horrible era casarse así de joven? Antes la gente lo hacía constantemente.

Moví de un lado a otro la cabeza intentando ahuyentar decenas de emociones encontradas que flotaban en mi mente. ¿Por qué dudar? Lo íbamos a hacer y estábamos enamorados. ¿Una locura? Sí. ¿Una equivocación? No.

Me puse el vestido y subí la cremallera delante del espejo.

—Mucho mejor —dije.

En la tienda, por bonito que fuera el vestido, sin maquillaje y sin peinar le faltaba algo. Ahora, con los labios pintados de rojo y el rímel, estaba perfecto.

Sujeté la mariposa de diamantes en la base de los rizos desordenados que formaban un moño lateral y me calcé los zapatos de tiras nuevos. Bolso. Teléfono. El anillo de Trav. La capilla pondría el resto. El taxi esperaba.

El hecho de que miles de mujeres se casen cada año en Las Vegas no evitó que todo el mundo me mirara al atravesar el salón del casino vestida de novia. Algunos sonreían, otros simplemente observaban, pero todas las miradas me hacían sentirme incómoda. Desde que mi padre perdiera su última partida como profesional, después de otras cuatro seguidas, y dijera públicamente que había sido por mi culpa, yo ya había llamado suficientemente la atención como para dos vidas. Con solo unas breves palabras dichas desde la frustración, dio origen al «Trece de la Suerte», regalándome así un peso increíble con el que cargar. Tres años más tarde mi madre se decidió por fin a dejar a Mick y nos mudamos a Wichita, pero incluso entonces volver a empezar parecía imposible. Estuve dos semanas enteras disfrutando de que nadie me conociera hasta que un periodista local descubrió quién era y me abordó en el jardín delantero del instituto. Luego una tía odiosa se pasó una hora un viernes por la noche buscando en Google para saber por qué la prensa quería sacarme en la sección «¿Dónde está ahora?». Fue lo único que hizo falta para joder mi segunda experiencia en el instituto. Eso a pesar de que mi mejor amiga era peleona y no tenía pelos en la lengua.

Cuando America y yo fuimos a la universidad, yo quería ser invisible. Hasta el día que conocí a Travis, estaba disfrutando muchísimo de mi anonimato redescubierto.

Bajé los ojos ante la enésima mirada penetrante que se clavaba en mí y me pregunté si por el hecho de estar con Travis siempre me sentiría como si llamara la atención.

Capítulo 6

VIVO O MUERTO

Travis

La puerta de la limusina se cerró de un portazo detrás de mí.

—Ay, mierda. Lo siento. Estoy nervioso.

El taxista me hizo un gesto tranquilizador.

—No se preocupe. Veintidós dólares, por favor. Volveré con la limusina. Es nueva. Blanca. A ella le gustará mucho.

Le di treinta.

—Entonces, ¿estará aquí mismo dentro de una hora y media?

—¡Sí, señor! ¡Nunca llego tarde!

Arrancó y di media vuelta. La capilla estaba iluminada y brillaba contra el cielo de primera hora de la mañana. Faltaría una media hora para el amanecer. Sonreí. A Abby le iba a encantar.

Se abrió la puerta de entrada y salió una pareja. Eran de mediana edad, pero él llevaba esmoquin y ella, un inmenso vestido de novia. Otra mujer bajita con un vestido rosa claro que les estaba saludando con la mano me vio.

—¿Travis?

—Sí —contesté abrochándome la chaqueta.

—¡Estás para comerte! ¡Espero que la novia aprecie lo guapo que eres!

—Ella es más guapa que yo.

La mujer soltó una carcajada.

—Soy Chantilly. La que lleva todo esto, más o menos. —Se puso en jarras, con los puños apoyados sobre las caderas. Era tan ancha como alta y sus ojos estaban prácticamente ocultos bajo unas densas pestañas falsas—. ¡Entra, cariño! ¡Entra! ¡Entra! —dijo metiéndome prisa.

La recepcionista me ofreció desde detrás del mostrador una sonrisa y un montón de papeles para rellenar. Sí, queremos un DVD. Sí, queremos flores. Sí, queremos a Elvis. Marqué todas las casillas pertinentes, rellené nuestros nombres y datos y le devolví los impresos.

—Gracias, señor Maddox —dijo la recepcionista.

Me sudaban las manos. No me podía creer que estaba allí.

Chantilly me dio unas palmaditas en el hombro; bueno, más bien en la muñeca, que era lo más alto que llegaba.

—Por aquí, cariño. Puedes refrescarte y esperar a la novia aquí. ¿Cómo se llamaba?

—Eh…, Abby… —contesté mientras atravesaba la puerta que me había abierto Chantilly. Miré a mi alrededor y lo primero que vi fue un sofá y un espejo rodeados por mil bombillas enormes. El papel pintado era abigarrado, pero bonito y todo parecía limpio y elegante, tal y como le gustaba a Abby.

—En cuanto ella llegue, te aviso —dijo Chantilly guiñándome un ojo—. ¿Necesitas algo? ¿Un vaso de agua?

—Sí, estaría genial —contesté mientras me sentaba.

—Ahora vuelvo —dijo con voz cantarina y se retiró cerrando la puerta tras de sí. La oí tararear por el pasillo.

Me recosté en el sofá e intenté procesar lo que acababa de suceder. Me pregunté si Chantilly se acababa de beber un 5-Hour Energy o si era así de animada por naturaleza. Estaba sentado, pero el corazón me latía con fuerza. Esa era la razón por la que en una boda se necesitaban testigos: para que te ayudaran a mantener la calma antes de la ceremonia. Por primera vez desde que aterrizamos, deseé que Shepley y mis hermanos estuvieran allí conmigo. Estarían poniéndome a parir y ayudándome a no pensar en que mi estómago me pedía a gritos vomitar.

Se abrió la puerta.

—Aquí tienes. ¿Algo más? Pareces un poco nervioso. ¿Has desayunado?

—No, no he tenido tiempo.

—Ay, no podemos dejar que te nos caigas en mitad del altar. ¿Te traigo unas galletitas con queso y tal vez un poco de fruta?

—¡Huy, sí! ¡Gracias! —contesté un poco aturdido por el entusiasmo de Chantilly.

Volvió a retirarse y cerró la puerta dejándome solo otra vez. Mi cabeza cayó hacia atrás sobre el respaldo del sofá y mis ojos se fijaron en varias formas de la textura de la pared. Agradecía cualquier cosa que distrajera mi mirada del reloj. ¿Vendría? Cerré los ojos con fuerza y me negué a seguir por ese camino. Ella me quería. Confiaba en ella. Vendría. Maldita sea, deseé que mis hermanos estuvieran allí. Estaba a punto de perder mi enamorada cabecita.

Abby

—¡Uau, qué guapa estás! —exclamó la conductora cuando me subí al asiento trasero del taxi.

—Gracias —dije, aliviada por haber salido del casino—. A la capilla Graceland, por favor.

—¿Quieres empezar el día casada o qué? —preguntó la taxista mirándome con una sonrisa por el retrovisor. Tenía el pelo corto y gris y su espalda ocupaba todo el asiento y un poco más.

—Es la manera más rápida de hacerlo.

—Eres muy joven para tener tanta prisa.

—Lo sé —dije mirando Las Vegas pasar al otro lado de mi ventanilla.

Chasqueó la lengua.

—Pareces un poco nerviosa. Si te lo estás pensando, dímelo. No me importa dar la vuelta. Está bien, cielo.

—No estoy nerviosa por casarme.

—Ah, ¿no?

—No, nos queremos. No es por eso por lo que estoy nerviosa. Solo quiero que él esté bien.

—¿Crees que él se lo está pensando?

—¡No! —contesté soltando una carcajada. La miré por el retrovisor—. ¿Está casada?

—Un par de veces —dijo guiñándome un ojo—. La primera me casé en la misma capilla que tú. Y también Bon Jovi.

—Ah, ¿sí?

—¿Conoces a Bon Jovi? *Tommy used to work on the docks!** —se puso a cantar, para mi sorpresa.

—¡Sí! He oído hablar de él —contesté, entretenida y agradecida por la distracción.

—¡Me encanta! Mira, aquí tengo el CD.

Lo metió y nos pasamos el resto del trayecto escuchando los grandes éxitos de Jon. *Wanted Dead or Alive, Always, Bed of Roses.* Estaba terminando *I'll Be There for You* cuando nos detuvimos delante de la capilla.

Saqué un billete de cincuenta.

—Quédese la vuelta. Bon Jovi me ha venido bien.

Me devolvió el cambio.

—Nada de propina, cielo. Tú me has dejado cantar.

Cerré la puerta y le dije adiós con la mano mientras arrancaba. ¿Estaría Travis dentro? Fui hacia la entrada y abrí la puerta. Me recibió una señora algo mayor con el pelo abultado y mucho brillo de labios.

—¿Abby?

—Sí —contesté jugando con el vestido nerviosa.

—Estás impresionante. Me llamo Chantilly y seré una de vuestros testigos. Déjame que te coja las cosas. Las guardaré en un sitio seguro hasta que hayáis terminado.

---

* «Tommy solía trabajar en los muelles», comienzo del tema *Living on a Prayer,* de Bon Jovi *(N. de la T.).*

—Gracias. —La observé mientras se llevaba mi bolso. Algo rozaba y hacía ruido cuando ella caminaba, aunque no estaba segura de qué era. Era tan ancha como alta—. ¡Ay, espere! El… —dije viendo cómo volvía hacia mí mostrándome el bolso—. El anillo de Travis está aquí. Lo siento.

Cada vez que sonreía, sus ojos se reducían a dos ranuras, haciendo que las pestañas postizas fueran aún más evidentes.

—Está bien, cielo. Respira.

—Ya no me acuerdo de cómo se hace —comenté poniéndome el anillo de Travis en el pulgar.

—Dame —dijo ella extendiendo la mano—. Dame tu anillo y el de él. Os los devolveré cuando llegue el momento. Elvis no tardará en llegar y te llevará hasta el altar.

Me quedé pálida mirándola.

—Elvis…

—¿El Rey?

—Sí, sí, sé quién es Elvis, pero… —Mis palabras se quedaron flotando en el aire mientras me quitaba el anillo de un tirón y lo dejaba sobre la palma de su mano junto al de Travis.

Chantilly sonrió.

—Puedes usar este cuarto para refrescarte. Travis está esperando y Elvis llegará en cualquier momento. ¡Te veo en el altar!

Se quedó mirando mientras cerraba la puerta. Me volví y me sorprendió mi propio reflejo en el enorme espejo que tenía detrás. Estaba enmarcado por grandes bombillas redondas como las del camerino de una actriz en Broadway.

Me senté en la silla del tocador con los ojos clavados en mi reflejo. ¿Es eso lo que era? ¿Una actriz?

Él estaba esperando. Travis estaba en el altar esperando a que me uniera a él para prometernos pasar el resto de nuestras vidas juntos.

«¿Y qué pasa si mi plan no funciona? ¿Que pasa si él va a la cárcel y esto no sirve para nada? ¿Y qué pasa si ni siquiera le han seguido la pista y todo esto no ha servido de nada?». Ya no tendría la excusa de haberme casado con él —sin tener aún ni la edad suficiente como para beber— porque quería salvarle. ¿Acaso necesitaba una excusa para casarme? ¿Por qué se casaba la gente? ¿Por amor? De eso teníamos de sobra. Al principio estaba tan segura de todo... Antes estaba segura de muchas cosas. En ese momento ya no estaba tan segura. De nada.

Pensé en la cara que pondría Travis si se enterara de la verdad y entonces pensé en el daño que le haría si me echaba atrás. No quería que nada le hiciera daño y le necesitaba como si fuera una parte de mí. De eso sí que estaba segura.

Se oyeron dos golpes en la puerta y me entró el pánico. Me volví, agarrando por arriba el respaldo de la silla. Era de hierro blanco, con espirales y curvas que formaban un corazón en el centro.

—Señorita —dijo Elvis con voz grave y acento sureño—, es la hora.

—Eh —dije muy bajo. No sé por qué. No podía oírme.

—¿Abby? Tu ardiente amorcito está esperando.

Puse los ojos en blanco.

—Solo... necesito un momento.

Se hizo el silencio al otro lado de la puerta.

—¿Va todo bien?

—Sí —contesté—. Solo un minuto, por favor.

Después de varios minutos, sonó otro golpe en la puerta.

—¿Abby? —Era Chantilly—. ¿Puedo entrar, cielo?

—No, lo siento, pero no. Estoy bien. Solo necesito un poco más de tiempo y estaré lista.

Pasaron otros cinco minutos y de repente oí tres golpes en la puerta que arrancaron gotas de sudor en lo alto de mi frente. Eran golpes más familiares. Más fuertes. Más seguros.

—¿Paloma?

Capítulo 7

EFECTIVO

Travis

La puerta se abrió de golpe.

—¡Ya está aquí! Acabo de acompañarla a un camerino para que se refresque. ¿Estás listo?

—¡Sí! —exclamé levantándome de un salto.

Me limpié el sudor de las manos y seguí a Chantilly al pasillo y de ahí al vestíbulo. Me detuve.

—Por aquí, cariño —dijo Chantilly guiándome hacia la puerta doble que daba a la capilla.

—¿Dónde está ella? —pregunté.

Chantilly señaló con el dedo.

—Ahí. En cuanto esté lista, empezamos. Pero tú tienes que esperar en el altar, cariño.

Su sonrisa era dulce y paciente. Imaginé que estaría acostumbrada a lidiar con toda clase de situaciones, desde borrachos hasta dubitativos. Miré la puerta del camerino de Abby, pero seguí a Chantilly, que me indicó dónde debía esperar. Mientras me iba hablando, un tipo con gruesas patillas y un disfraz de Elvis abrió la puerta de manera espectacular torciendo los labios y canturreando *Blue Hawaii.*

—¡Me encanta Las Vegas, tío! ¿Y a ti? —me entró. La imitación de Elvis era brutal.

Sonreí.

—Hoy sí.

—No se puede pedir más. ¿Te ha explicado Chantilly cómo debes hacer para portarte como un caballero esta mañana?

—Sí, creo que sí.

Me dio una palmada en la espalda.

—Tranquilo, amigo, todo irá como la seda. Voy a buscar a tu señora. Vuelvo en un periquete.

Chantilly soltó una risilla.

—Ay, este Elvis.

Tras un par de minutos esperando, Chantilly miró su reloj y fue por el pasillo hacia la puerta de la capilla.

—Siempre pasan estas cosas —me aseguró el oficiante de la boda.

Después de cinco minutos más, Chantilly asomó la cabeza por la puerta de la capilla.

—Travis, creo que está un poco… nerviosa. ¿Quieres intentar hablar con ella?

Joder.

—Claro —contesté.

El pasillo que antes me había parecido corto ahora se me hizo eterno. Empujé la puerta de la capilla y levanté el puño. Hice una pausa, respiré hondo y llamé varias veces.

—¿Paloma?

Después de lo que parecieron dos eternidades, Abby contestó y por fin escuché su voz al otro lado de la puerta:

—Estoy aquí.

Aunque estaba a apenas unos centímetros, parecía a kilómetros de distancia, igual que la mañana después de la noche en la que me traje a dos chicas del bar. Solo de pensar en aquella noche se desató una náusea ardiente en mi estómago. Ya ni siquiera me sentía la misma persona que entonces.

—¿Estás bien, nena? —pregunté.

—Sí, es solo que… estaba acelerada. Necesito un momentito para respirar.

Su voz expresaba todo menos que estuviera bien. Estaba decidido a mantener la cabeza fría y ahuyentar el pánico que solía llevarme a hacer toda clase de estupideces. Tenía que ser el hombre que Abby se merecía.

—¿Estás segura de que es solo eso?

No contestó.

Chantilly se aclaró la garganta y se retorció las manos, un claro gesto de que intentaba encontrar algo que decir.

Tenía que entrar en aquel camerino.

—Paloma… —insistí. Siguió un silencio. Lo que iba a decir podía cambiarlo todo, pero que Abby se encontrara bien estaba por encima de mis necesidades egoístas—. Sé que sabes que te quiero. Lo que puede que no sepas es que no hay nada que desee más que ser tu marido. Pero si no estás preparada, te esperaré, Paloma. No voy a ninguna parte. En fin, claro que quiero hacer esto, pero solo si tú también quieres. Solo…, solo necesito que sepas que puedes abrir esta puerta y podemos ir juntos a ese altar o podemos subirnos en un taxi y marcharnos a casa. Sea como sea, te quiero.

Otra larga pausa, sabía que había llegado el momento. Cogí un sobre viejo del bolsillo interior de mi chaqueta y lo sostuve con ambas manos. Repasé con el dedo índice las líneas desgastadas escritas a boli con las que mi madre había escrito: «Para la futura señora de Travis Maddox». Mi padre me lo había dado cuando pensó que las cosas entre Abby y yo iban en serio. Desde entonces solo había sacado la carta una vez y me había preguntado qué habría escrito dentro, pero no había llegado a abrirla. Aquellas palabras no estaban dirigidas a mí.

Me temblaban las manos. No tenía ni idea de lo que mi madre había escrito, pero ahora necesitaba saberlo y esperaba que por una vez ella pudiera ayudarme desde dondequiera que estuviese. Me agaché y empujé el sobre por debajo de la puerta.

Abby

«Paloma». Esa palabra solía provocar antes que pusiera los ojos en blanco. Ni siquiera sabía por qué había empezado a llamármelo, aunque me daba igual. Ahora ese apelativo que Travis utilizaba conmigo, con su voz profunda y rasgada, hacía que mi cuerpo entero se relajara. Me puse de pie, caminé hacia la puerta y apoyé la palma de la mano sobre la madera.

—Estoy aquí.

Podía escuchar mi propia respiración silbando, lenta como si estuviera dormida. Cada rincón de mi cuerpo estaba relajado. Sus cálidas palabras caían sobre mí como una suave manta. No importaba lo que ocurriera cuando volviéramos a casa, siempre que fuera la mujer de Travis. En ese momento comprendí que, lo hiciera para ayudarle o no, estaba allí para casarme con un hombre que me amaba más de lo que ningún hombre ama a una mujer. Y yo también le amaba, lo suficiente como para llenar tres vidas. Esta capilla de Graceland con este vestido era casi perfecta. Solo podía estar mejor a su lado, en el altar.

En ese momento vi un cuadrado blanco y pequeño a mis pies.

—¿Qué es esto? —pregunté agachándome a cogerlo. El papel era viejo y estaba amarillento. Estaba dirigido a la futura señora de Travis Maddox.

—Es de mi madre —explicó Travis.

Se me paró la respiración en seco. Me daba reparo abrirlo, porque veía que estaba cerrado y era evidente que lo habían guardado durante mucho tiempo.

—Ábrelo —me animó Travis, que parecía leerme el pensamiento.

Mi dedo se deslizó cuidadosamente por la abertura intentando mantener el sobre lo más intacto posible, aunque sin éxito. Saqué un papel doblado en tres y el mundo entero se detuvo.

No nos conocemos, pero estoy segura de que eres una chica muy especial. Aunque hoy no pueda estar ahí para ver cómo mi chico te promete su amor, hay varias cosas que creo que te diría si pudiera.

Ante todo, gracias por querer a mi hijo. De todos mis chicos, Travis es el que tiene el corazón más tierno. También es el más fuerte de todos ellos. Te querrá con todo lo que tiene mientras le dejes. A veces las tragedias de la vida nos cambian, pero hay cosas que nunca lo hacen.

Un chico que ha perdido a su madre es una criatura muy especial. A poco que Travis se parezca a su padre, y sé que se le parece, será un profundo océano de fragilidad protegido por una gruesa pared de palabrotas e indiferencia fingida. Un Maddox te puede llevar al límite, pero si le acompañas te seguirá a cualquier parte.

Desearía por encima de todo poder estar ahí hoy. Ojalá pudiera ver su cara cuando dé este paso contigo, ojalá pudiera estar ahí con mi marido y vivir este día con todos vosotros. Creo que es una de las cosas que más echaré en falta. Pero no es mi día. Si lees esta carta, es que mi hijo te quiere. Y cuando un Maddox se enamora, quiere para siempre.

Por favor, dale un beso a mi hijo de parte de su madre. Deseo que la mayor disputa que tengáis jamás sea sobre quién es el más comprensivo de los dos.

Con amor,

Diane

—¿Paloma?

Me pegué la carta contra el pecho con una mano y con la otra abrí la puerta. Travis tenía una expresión tensa de preocupación, pero en cuanto sus ojos se encontraron con los míos la preocupación se desvaneció.

Parecía anonadado al verme.

—Estás… Creo que no hay palabras para describir lo preciosa que estás.

Sus dulces ojos color avellana bajo la sombra de sus gruesas cejas me suavizaron los nervios. Los tatuajes quedaban ocultos bajo el traje gris y la camisa blanca y limpia. Uau, era perfecto. Era sexi, valiente, tierno y, sí, Travis Maddox era mío. Lo único que tenía que hacer era ir hasta el altar.

—Estoy lista.

—¿Qué decía?

Mi garganta se tensó para no soltar un sollozo. Le besé en la mejilla.

—Esto es de parte de ella.

—¿Sí? —preguntó con una sonrisa que le iluminó toda la cara.

—Clava todas las cosas maravillosas que tienes, aunque no haya podido verte crecer. Es maravillosa, Travis. Ojalá la hubiera conocido.

—Ojalá te hubiera conocido ella. —Hizo una pequeña pausa y levantó ambas manos.

La manga se le echó unos centímetros hacia atrás, dejando ver el tatuaje de «Paloma».

—Podemos pensárnoslo mejor. No tienes por qué decidirlo ahora. Volvamos al hotel, lo pensamos y… —Suspiró dejando caer los hombros y los brazos—. Lo sé, es una locura. Es que lo deseaba tanto, Abby... Esta locura es mi cordura. Podemos...

No soportaba verle trabándosele la lengua y sufriendo.

—Mi amor, para —le pedí rozándole la boca con las yemas de los dedos—. Para.

Se quedó mirándome. Esperando.

—Que te quede claro que yo no me voy de aquí hasta que no seas mi marido.

Al principio frunció el ceño, dubitativo, y entonces sonrió levemente, con cautela.

—¿Estás segura?

—¿Dónde está mi ramo?

—¡Ay! —exclamó Chantilly, que estaba distraída con la conversación—. Aquí, cariño. —Me entregó una bola perfecta de rosas rojas.

Elvis me ofreció su brazo y lo cogí.

—Nos vemos en el altar, Travis —le dijo.

Travis me cogió las manos, besó mis dedos y salió corriendo por donde había venido, seguido de la risueña Chantilly.

Ese detalle fue suficiente. De repente ya no podía esperar para estar con él y mis pies se apresuraron hacia la capilla. Por los altavoces no sonaba la marcha nupcial, sino *Thing for You*, la canción que habíamos bailado en mi fiesta de cumpleaños.

Me detuve y miré a Travis, por fin podía verle bien con su traje gris y sus Converse. Me sonrió cuando vio que me fijaba. Di un paso y luego otro. El oficiante me hizo un gesto para que fuera más despacio, pero no podía. Todo mi cuerpo necesitaba estar junto a Travis más que nunca. Y Travis debía sentir lo mismo, porque cuando Elvis aún no había llegado a la mitad del pasillo, no aguantó más y se acercó a nosotros. Le cogí del brazo.

—Eh..., iba a entregar a la novia.

Travis torció la boca hacia un lado.

—Ya era mía.

Me agarré a su brazo y seguimos caminando juntos hasta el final. La música bajó de volumen y el oficiante asintió mirándonos.

—Travis..., Abby.

Chantilly cogió mi ramo de rosas y se puso a un lado.

Nuestras manos temblorosas estaban entrelazadas. Los dos estábamos tan nerviosos y felices que era casi imposible quedarnos quietos.

A pesar de que sabía lo mucho que deseaba casarme con Travis, mis manos no dejaban de temblar. No sé lo que dijo el oficiante exactamente. No recuerdo su cara ni lo que llevaba puesto, solo me acuerdo de su voz profunda y nasal, de su acento del norte y de las manos de Travis cogiendo las mías.

—Mírame, Paloma —pidió Travis suavemente.

Levanté la mirada hacia mi futuro marido, perdiéndome en la sinceridad y la adoración de sus ojos. Nadie, ni siquiera America, me había mirado nunca con tanto amor. Las comisuras de sus labios se curvaron hacia arriba, así que yo debía de tener la misma expresión.

Mientras el oficiante hablaba, Travis me devoraba con los ojos, mi cara, mi pelo, mi vestido, hasta se fijó en mis zapatos. Entonces se inclinó hasta que sus labios estaban a unos milímetros de mi cuello e inhaló.

—Quiero recordar cada detalle —afirmó.

El oficiante sonrió, asintió y continuó.

Un flash nos sobresaltó. Travis miró hacia atrás, vio al fotógrafo y luego me miró. Teníamos la misma sonrisa cursilona. Me daba igual que pareciéramos completamente ridículos. Era como si estuviéramos a punto de tirarnos de cabeza desde muchísima altura a un río profundo alimentado por la cascada más grandiosa y espeluznante, como si nos lanzáramos en la montaña rusa más fantástica del universo. Eso multiplicado por diez.

—El verdadero matrimonio empieza antes del día de la boda —comenzó el oficiante—. Y los esfuerzos del matrimonio continúan mucho después de que termine la ceremonia. Un breve momento y el trazo de una pluma es todo cuanto se necesita para crear el vínculo legal del matrimonio, pero hace falta una vida entera de amor, compromiso, perdón y transigencia para que un matrimonio sea duradero y eterno. Travis y Abby, creo que nos habéis demostrado lo que vuestro amor es capaz de conseguir en momentos de tensión. Vuestros pasados son el camino que os ha traído hasta esta capilla y vuestro viaje hacia un futuro en común se va volviendo más claro con cada día que nace.

Travis acercó su mejilla a mi sien. Agradecía cada vez que me tocaba, fuera donde fuera. Si hubiera podido abrazarme a él sin interrumpir la ceremonia, lo habría hecho. Las palabras del oficiante empezaron a desdibujarse. Travis habló varias veces y yo también. Le puse a Travis el anillo negro en el dedo y sonrió.

—Con este anillo, yo te desposo —dije repitiendo las palabras del oficiante.

—Buena elección —respondió Travis.

Cuando le llegó el turno a él, se atascó un momento y enseguida deslizó dos anillos en mi dedo: mi anillo de compromiso y una alianza sencilla de oro.

Quería pararme a mostrarle lo mucho que significaba para mí que me hubiera comprado un anillo oficial de boda, o incluso decírselo, pero estaba viviendo una experiencia extracorporal. Cuanto más intentaba centrarme, más deprisa parecía ocurrir todo.

Pensé que tal vez debería escuchar todas las cosas que estaba prometiendo, pero la única voz que tenía sentido era la de Travis.

—Por supuesto que lo prometo —afirmó sonriendo—. Y prometo no volver a pelear, ni a beber demasiado, ni a jugar, ni a dar un puñetazo de rabia... y nunca, nunca volveré a hacer que llores de tristeza.

Cuando me tocaba a mí, hice una pausa.

—Antes de prometer nada, quiero que sepas que soy supertestaruda. Ya sabes que es difícil convivir conmigo y me has dejado claro decenas de veces que te vuelvo loco. Estoy segura de que habré vuelto loco a cualquiera que me haya visto estos últimos meses con mi indecisión y mis dudas. Pero quiero que sepas que, sea lo que sea el amor, esto tiene que serlo. Primero fuimos muy buenos amigos e intentamos no enamorarnos, pero acabamos cayendo. No quiero estar en ningún lugar en el que tú no estés conmigo. Estoy metida en esto. Estoy contigo. Puede que seamos impulsivos, que estemos completamente locos por estar aquí a nuestra edad seis meses después de conocernos, puede que todo esto se convierta en un maravilloso e inevitable desastre que sea para siempre, pero, si es contigo, es lo que quiero.

—Como Johnny y June —dijo Travis con los ojos algo vidriosos—. A partir de aquí, es todo cuesta arriba y voy a disfrutar de cada minuto.

—¿Quieres…? —empezó el oficiante.

—Sí quiero —respondí.

—Bien —continuó él con una risita ahogada—, pero tengo que decirlo.

—Ya lo he oído. No tengo que volver a escucharlo —insistí sonriendo, sin apartar los ojos de Travis.

Me apretó las manos. Hicimos varias promesas más y el oficiante se detuvo.

—¿Ya está? —preguntó Travis.

El oficiante sonrió.

—Ya está. Estáis casados.

—¿En serio? —preguntó levantando las cejas. Parecía un chavalín el día de Navidad.

—Puedes besar a la…

Travis me cogió entre sus brazos firmemente y me besó, primero con entusiasmo y pasión y luego sus labios se ralentizaron y empezaron a moverse más tiernamente contra los míos.

Chantilly aplaudió con sus manitas menudas y regordetas.

—¡Qué buena! ¡La mejor que he visto en toda la semana! Me encanta cuando no salen como se esperaba.

El oficiante dijo:

—Señorita Chantilly y señor Rey, les presento al señor y la señora Maddox.

Elvis también aplaudió y Travis me levantó en brazos. Le agarré la cara con ambas manos y me acerqué a besarle.

—Estoy intentando no tener un momento a lo Tom Cruise —comentó Travis sonriendo a todos los presentes—. Ahora entiendo que se pusiera a saltar sobre el sillón y a dar golpes al suelo. ¡No sé cómo expresar lo que siento! ¿Dónde está Oprah?

Se me escapó una carcajada nada típica en mí. Travis tenía una sonrisa de oreja a oreja y estoy segura de que yo también parecía asquerosamente feliz. Me bajó y volvió a mirar a todos los presentes. Parecía un poco aturdido.

—¡Uau! —exclamó con los puños temblando delante de él. Estaba teniendo un momento muy a lo Tom Cruise. Se rio y entonces volvió a besarme—. ¡Lo hemos hecho!

Me reí con él. Volvió a abrazarme y vi que tenía los ojos llorosos.

—¡Se ha casado conmigo! —le dijo a Elvis, y otra vez gritó abrazándome y besándome—: Joder, ¡te quiero, nena!

No sé bien qué es lo que esperaba, pero desde luego no era esto. Chantilly, el oficiante y hasta Elvis se reían, medio divertidos, medio pasmados. El flash del fotógrafo saltaba como si estuviéramos rodeados de *paparazzi*.

—Solo hace falta firmar unos papeles, hacer unas fotos y podéis empezar vuestro «Vivieron felices y comieron perdices» —dijo Chantilly. Se giró y luego volvió a mirarnos con una sonrisa amplia sosteniendo una hoja de papel y un boli—. ¡Ay —exclamó—, tu ramo! Lo vamos a necesitar para las fotos.

Me pasó las flores y Travis y yo posamos. Juntos. Mostrando las alianzas. Uno al lado del otro, mirándonos a los ojos, saltando, abrazándonos, besándonos. En cierto momento Travis me cogió en brazos. Después de firmar rápidamente el certificado de matrimonio, me agarró de la mano y me llevó hasta la limusina que nos esperaba fuera.

—¿De verdad ha pasado lo que acaba de pasar? —pregunté.

—¡Claro que ha pasado!

—¿Es posible que haya visto unos ojitos emocionados ahí dentro?

—Paloma, eres la señora de Travis Maddox. ¡En la vida he sido tan feliz como en este momento!

Mi rostro se deshizo en una sonrisa y me reí agitando la cabeza. Nunca había visto a una persona tan loca y tan adorable. Me abalancé sobre él y presioné mis labios contra los suyos. Desde el momento en que había sentido su lengua en mi boca en la capilla, solo podía pensar en volver a tenerla dentro.

Travis enredó sus dedos en mi pelo mientras yo me subía sobre él e hincaba las rodillas en el asiento de cuero a ambos lados de sus caderas. Mis dedos empezaron a jugar con su cinturón y él se inclinó para apretar el botón que subía el cristal que nos aseguraba privacidad.

Le desabroché los botones de la camisa entre tacos por lo mucho que tardaban en soltarse y le bajé la cremallera con impaciencia. La boca de Travis estaba por todas partes, besándome detrás de la oreja, recorriendo mi cuello con la lengua y mordisqueando mi clavícula. Con un solo movimiento, me puso boca arriba y deslizó su mano por mi muslo hasta enganchar mis bragas con un dedo. En menos de un segundo ya las tenía colgando de los tobillos y la mano de Travis avanzaba por el interior de mi pierna hasta detenerse entre mis muslos.

—Cariño —dije suspirando antes de que me callara con un beso.

Respiraba intensamente por la nariz, apretándome contra sí como si fuera la primera y la última vez.

Se enderezó y se quedó de rodillas, con los abdominales, el pecho y los tatuajes a la vista. Los muslos se me tensaron instintivamente, pero cogió mi pierna derecha con ambas manos y me la separó suavemente. Observé cómo su boca avanzaba hambrienta desde los dedos de mis pies hacia mi tobillo, mi gemelo, la rodilla y luego al interior de mi muslo. Levanté las caderas hacia su boca, pero él se detuvo unos instantes en mis ingles, demostrando mucha más paciencia que yo.

Cuando su lengua alcanzó la parte más sensible de mí, empezó a deslizar sus dedos entre mi vestido y el asiento, agarrando mi culo y tirando de mí hacia él. Todos y cada uno de mis nervios se fundieron y se tensaron al mismo tiempo. Travis ya había estado en esta postura, pero era evidente que se había contenido: había reservado lo mejor para nuestra noche de bodas. Mis rodillas se doblaron temblando y estiré los brazos hasta tocar sus orejas.

Se detuvo una vez, apenas para susurrar mi nombre contra mi piel húmeda, y yo me sentí desfallecer. Cerré los ojos y sentí como si se deslizaran al fondo de mi cabeza de puro éxtasis. Mis gemidos hacían que sus besos fueran más anhelantes y entonces se tensó y me acercó más a su boca.

Cada vez era más intenso, como un muro de ladrillo que quiere ceder pero necesita quedarse en ese instante. Cuando ya no podía aguantar más, estiré la mano y hundí su cara en mí. Grité, sintiendo cómo él sonreía, desbordada por las intensas sacudidas de electricidad que me recorrían el cuerpo entero.

Con todas las distracciones de Travis, no me di cuenta de que habíamos llegado al Bellagio hasta que oí la voz del conductor por el interfono.

—Disculpen, señores Maddox, pero hemos llegado a su hotel. ¿Quieren que dé otro paseo por la Franja?

Capítulo 8

POR FIN

Travis

No, solo denos un minuto —contesté.

Abby estaba medio tumbada, medio sentada en el asiento de cuero negro de la limusina con los mofletes sonrojados y jadeando. Le besé el tobillo y luego desenganché sus bragas de la punta de su tacón y se las di.

Maldita sea, qué guapa estaba. No podía quitarle los ojos de encima mientras me abrochaba la camisa. Abby me lanzó una inmensa sonrisa al tiempo que se volvía a ajustar las bragas sobre la cadera. El conductor de la limusina llamó a la puerta. Abby asintió y le di luz verde para que abriera. Le entregué un billete grande y cogí a mi mujer en brazos. Atravesamos el vestíbulo y el salón del casino en pocos minutos. Podría decirse que estaba bastante motivado para llegar a la habitación. Afortunadamente, al llevar a Abby en brazos no se me veía la erección.

Ella ignoró a las decenas de personas que miraban cómo entrábamos en el ascensor. Apenas se oyó el número del piso cuando intenté decírselo a la pareja que nos observaba divertida junto a los botones, pero de reojo vi que habían apretado el correcto.

En cuanto pisamos el pasillo, mi corazón empezó a latir con fuerza. Llegamos a la puerta de la habitación, pero no lograba sacar la llave electrónica del bolsillo con Abby en los brazos.

—Ya lo hago yo, cariño —dijo ella sacándola y besándome mientras abría la puerta.

—Gracias, señora Maddox.

Abby sonrió besándome.

—Ha sido un placer.

La llevé directamente a la cama y la tumbé. Abby se quedó mirándome durante unos instantes mientras se quitaba los zapatos.

—Quitémonos esto de en medio, señora Maddox. No quiero fastidiar esta pieza de su vestuario.

Le di la vuelta y le desabroché lentamente el vestido, besando cada cachito de piel que iba quedando al descubierto. Tenía cada centímetro de Abby grabado en la mente, pero tocar y saborear la piel de la mujer que ahora era mi esposa se me hacía completamente nuevo. Sentía una excitación que no había sentido nunca.

Su vestido cayó al suelo, lo cogí y lo dejé sobre el respaldo de una silla. Abby se desabrochó el sujetador y lo dejó caer, y yo deslicé los pulgares entre su piel y el encaje de sus bragas. Sonreí. Ya se las había quitado una vez.

Me agaché para besarla detrás de la oreja.

—Te quiero tanto... —susurré bajándole suavemente las bragas por los muslos.

Cayeron hasta sus tobillos y las apartó de una patada con los pies descalzos. La envolví con mis brazos y respiré hondo por la nariz, acercando su pecho desnudo contra el mío. Necesitaba estar dentro de ella, mi polla parecía estirarse buscándola, pero era fundamental que nos tomáramos nuestro tiempo. La noche de bodas solo se vive una vez y quería que fuera perfecta.

Abby

Se me puso la carne de gallina por todo el cuerpo. Cuatro meses antes le había dado a Travis algo que jamás había dado a ningún otro hombre. Estaba tan resuelta a hacerlo que ni siquiera tuve tiempo de ponerme nerviosa. Ahora, en nuestra noche de bodas, aun sabiendo lo que podía esperar y lo mucho que me quería, estaba más nerviosa que la primera noche.

—Quitémonos esto de en medio, señora Maddox. No quiero fastidiar esta pieza de su vestuario —dijo él.

Solté una risa aspirada, recordando mi rebeca rosa y la sangre salpicada sobre ella. Luego me acordé de la primera vez que vi a Travis en la cafetería.

«Estropeo mucha ropa», había dicho entonces con esa sonrisa asesina y esos hoyuelos. La misma sonrisa que quise odiar y los mismos labios que ahora se deslizaban por mi espalda.

Travis me empujó hacia delante y repté a la cama mirando hacia atrás, esperando, deseando que él se subiera sobre mí. Se quedó observándome mientras se quitaba la camisa y los zapatos y luego dejó caer los pantalones al suelo. Negó con la cabeza, me volvió boca arriba y se puso encima de mí.

—¿No? —pregunté yo.

—Prefiero mirar a los ojos a mi mujer antes que ser creativo…, al menos esta noche.

Me apartó un mechón suelto de la cara y me besó la nariz. Era curioso ver a Travis tomándose su tiempo, pensando en qué quería hacerme y cómo. Una vez desnudos entre las sábanas, respiró hondo.

—Señora Maddox.

—¿Sí? —pregunté.

—Nada. Solo quería llamarte así.

—Bien. La verdad es que me gusta.

Sus ojos estudiaron mi rostro.

—¿Sí?

—¿Me lo preguntas en serio? Porque es bastante difícil demostrarlo si no es prometiendo estar contigo para siempre.

Travis hizo una pausa y la preocupación ensombreció su mirada.

—Te vi —dijo casi susurrando— en el casino.

Mi mente empezó a rebobinar al instante, casi segura de que se había cruzado con Jesse y que posiblemente le hubiera visto con una mujer parecida a mí. Los ojos celosos juegan malas pasadas a la gente. Cuando estaba a punto de decirle que no había visto a mi ex, Travis volvió a hablar:

—En el suelo. Te vi, Paloma.

Se me hizo un nudo en el estómago. Me había visto llorar. ¿Cómo podía explicárselo? No podía. El único modo era buscar algo que le distrajera.

Dejé caer la cabeza sobre la almohada mirándole directamente a los ojos.

—¿Por qué me llamas Paloma? No, te lo digo en serio…

Mi pregunta pareció cogerle por sorpresa. Esperé con la esperanza de que se olvidara del tema anterior. No quería mentirle a la cara ni admitir lo que había hecho. Esa noche no. Ni nunca.

Vi claramente en sus ojos que decidía acceder a que cambiáramos de tema. Él sabía lo que yo estaba haciendo y me lo permitía.

—¿Sabes cómo son las palomas?

Negué ligeramente con la cabeza.

—Son muy listas. Son leales y se aparean con el mismo compañero para siempre. La primera vez que te vi, en el Círculo, supe lo que eras. Bajo esa rebeca abotonada y manchada de sangre, no ibas a caer en mis brazos sin más. Ibas a hacer que me lo currara. Necesitabas saber que podías confiar en mí. Lo vi en tus ojos y luego no pude dejar de pensar en ello hasta que te vi aquel día en la cafetería. Intenté pasarlo por alto, pero en ese instante ya lo sabía. Todas las cagadas, todas las malas decisiones eran miguitas para que encontráramos el camino hacia el otro. Para que encontráramos el camino hasta este momento.

Me derretí.

—Estoy muy enamorada de ti.

Su cuerpo estaba entre mis piernas abiertas y podía sentirle contra mis muslos, tan solo a unos centímetros de donde quería tenerle.

—Eres mi esposa.

Cuando dijo esas palabras, sus ojos se colmaron de paz. Me recordó la noche en que había ganado la apuesta para que me quedara en su apartamento.

—Sí. Ahora ya estás conmigo para siempre. —Me besó la barbilla—. Por fin.

Tomándose su tiempo, se deslizó dentro de mí con suavidad, cerró los ojos un segundo y me volvió a mirar. Balanceó su cuerpo despacio contra el mío, rítmicamente, besándome en los labios intermitentemente. Travis siempre había sido cuidadoso y amable conmigo, pero los primeros momentos fueron algo incómodos. Debía de saber que yo era nueva en todo esto, aunque nunca se lo había dicho. Todo el campus conocía las conquistas de Travis, pero mis experiencias con él nunca fueron como esas juergas salvajes de las que todos hablaban. Conmigo siempre había sido suave y tierno, paciente. Y esta noche no estaba siendo distinta. Incluso mejor, si cabe.

Cuando por fin me relajé, me acerqué a él. Travis extendió la mano, la puso detrás de mi rodilla y tiró suavemente hasta llevarla a la altura de su cadera. Volvió a meterse dentro de mí, esta vez más profundo. Suspiré y empujé la cadera contra él. Se me ocurrían muchas cosas peores que la promesa de sentir el cuerpo desnudo de Travis Maddox cerca y dentro de mí durante el resto de mi vida. Mucho, mucho peores.

Me besó saboreándome y murmurando sobre mi boca. Se balanceaba contra mi cuerpo, lleno de anhelo. Me levantó la otra pierna y me dobló las rodillas contra el pecho para poder meterse más dentro de mí. Yo gemía y me movía, incapaz de callar mientras le sentía buscándome y entrando desde distintos ángulos, moviendo sus caderas. Hasta le clavé las uñas en la espalda. Aunque tenía las yemas de los dedos bien hundidas en su piel sudorosa, podía sentir sus músculos hinchándose y deslizándose bajo mis manos.

Los muslos de Travis se frotaban y golpeaban contra mi culo. Se irguió apoyándose sobre un codo y se sentó. Tiró de mis piernas hasta apoyar mis tobillos sobre sus hombros. Entonces me penetró con más fuerza y, aunque dolía un poco, el dolor desataba chispas de adrenalina por todo mi cuerpo, llevando cada ápice del placer que ya estaba sintiendo a otro nivel.

—Ay, Dios… Travis —dije jadeando. Tenía que decir algo, cualquier cosa para soltar la intensidad que se agolpaba dentro de mí.

Mis palabras tensaron su cuerpo y el ritmo de sus movimientos se volvió más rápido, más rígido, hasta que nuestra piel quedó cubierta de gotas de sudor, haciendo más fácil que nos deslizáramos el uno contra el otro.

Dejó caer mis piernas sobre la cama y se volvió a colocar encima de mí. Movió la cabeza.

—Me encanta sentirte —dijo gimiendo—. Quiero estar así toda la noche, pero…

Acerqué mis labios a su oreja.

—Quiero que te corras —susurré y terminé la frase con un suave besito.

Relajé las caderas dejando que las rodillas se separaran aún más hacia la cama. Travis empujó metiéndose más dentro de mí, una y otra vez, y sus movimientos se aceleraban con sus gemidos. Me agarré la rodilla contra el pecho. El dolor era delicioso, adictivo, y se fue acumulando hasta que todo mi cuerpo empezó a tensarse en descargas cortas e intensas. Solté un gemido alto, sin importarme quién lo pudiera oír.

Travis gimió como respuesta. Finalmente, sus movimientos se ralentizaron haciéndose más fuertes, hasta que por fin exclamó:

—¡Oh, joder! ¡Joder! ¡Ah!

Su cuerpo se contrajo y tembló mientras apoyaba su mejilla contra la mía y volvió a contraerse una vez más antes de hundir su cara en la almohada bajo mi cabeza.

Le besé el cuello saboreando la sal en su piel.

—Tenías razón —dije.

Travis se incorporó para mirarme, con curiosidad.

—Tú fuiste mi último primer beso.

Sonrió, apretó sus labios contra los míos con fuerza y luego hundió su cara en mi cuello. Aún jadeaba, pero logró decir con un dulce suspiro:

—Joder, ¡te quiero, Paloma!

Capítulo 9

ANTES

Abby

Un zumbido me sacó de un profundo sueño. Las cortinas solo dejaban entrar pequeñas rayas de sol por los bordes. La mitad de la manta y las sábanas colgaban de la cama extragrande de matrimonio. Mi vestido se había caído de la silla y estaba tirado por el suelo, como el traje de Travis. Solo podía ver uno de mis zapatos.

Mi cuerpo desnudo estaba entrelazado con el de Travis, habíamos caído exhaustos después de consumar tres veces nuestro matrimonio.

Otra vez el zumbido. Era mi teléfono, sobre la mesilla. Estiré la mano por encima de Travis, lo abrí y vi el nombre de Trent.

Adam detenido.
John Savage en la lista de fallecidos.

Era lo único que decía. Borré el mensaje sintiendo náuseas, temiendo que tal vez Trent no dijera nada más porque la policía estaba en casa de Jim, tal vez incluso diciéndole a su padre que Travis podía estar involucrado. Miré la hora en el móvil. Eran las diez.

John Savage era uno menos a quien investigar. Otra muerte más que pesaría sobre la conciencia de Travis. Intenté recordar la última vez que había visto a John antes de que se desatara el incendio. Estaba inconsciente. Tal vez ni siquiera llegó a levantarse. Pensé en aquellas chicas asustadas que vimos Trent y yo en el vestíbulo del sótano. Pensé en Hilary Short, a quien conocía de clase de *Mates:* cinco minutos antes de que se iniciara el incendio estaba en Keaton Hall sonriendo al lado de su nuevo novio, cerca de la pared opuesta. Hasta ese momento había intentado no pensar en la cifra real de muertos ni en quiénes eran.

Tal vez todos merecíamos un castigo. En realidad, todos éramos responsables, porque todos habíamos sido irresponsables. Los bomberos desalojan esta clase de eventos y toman precauciones por una razón. Y nosotros la ignoramos por completo. Era imposible encender la radio o la televisión sin que salieran esas imágenes, así que Travis y yo las evitábamos todo lo posible. Pero toda esa atención de los medios significaba que la policía aún debía de estar motivada para encontrar un culpable. Me pregunté si la caza acabaría en Adam o si tenían sed de venganza. Si yo hubiera sido la madre de uno de aquellos chicos, probablemente la tendría.

No quería que Travis fuera a la cárcel por el comportamiento irresponsable de todo el mundo. Además, estuviera bien o mal, ya no devolvería a la vida a nadie. Había hecho todo lo que se me había ocurrido para evitarle problemas y negaría que aquella noche estuviera en Keaton Hall hasta mi último aliento.

La gente ha hecho cosas peores por sus seres queridos.

—Travis —dije dándole un golpecito.

Estaba boca abajo con la cabeza bajo una almohada.

—Uuuuuuuggghhh —gimió—. ¿Quieres que haga el desayuno? ¿Quieres huevos?

—Son solo las diez.

—Ya se puede considerar un *brunch*. —Al ver que no contestaba, volvió a ofrecerse—: Vale, ¿un sándwich con huevo?

Hice una pausa y luego le miré sonriendo.

—Cariño…

—¿Sí?

—Estamos en Las Vegas.

Travis levantó la cabeza de repente y encendió la lámpara. Cuando por fin recordó las últimas veinticuatro horas, su mano apareció desde debajo de la almohada, me enganchó con el brazo y me puso debajo de sí. Colocó sus caderas entre mis muslos e inclinó la cabeza para besarme; suavemente, con ternura, dejando sus labios pegados a los míos hasta que comencé a sentir un hormigueo calentito.

—De todas formas, puedo conseguir huevos. ¿Quieres que llame al servicio de habitaciones?

—En realidad tenemos que coger un avión.

De repente se le apagó la sonrisa.

—¿Cuánto tiempo tenemos?

—El vuelo es a las cuatro. Y el *checkout*, a las once.

Travis frunció el ceño y miró hacia la ventana.

—Debería haber reservado un día más. Podíamos habernos quedado tirados en la cama o en la piscina.

Le besé en la mejilla.

—Tenemos clase mañana. Ya ahorraremos e iremos a algún sitio más adelante. De todas formas, no quiero pasar la luna de miel en Las Vegas.

Arrugó la cara mostrando su repulsa.

—Desde luego no quiero pasarla en Illinois.

Le di la razón asintiendo con la cabeza. No podría discutírselo. Illinois no era el primer lugar que me venía a la mente cuando pensaba en una luna de miel.

—Saint Thomas es precioso. Y ni siquiera necesitamos pasaporte.

—Eso está bien. Ya que no voy a volver a pelear, tendremos que ahorrar en lo que podamos.

Sonreí.

—¿No vas a volver a pelear?

—Te lo dije, Paloma. Ahora que te tengo a ti, ya no necesito todo eso. Lo has cambiado todo. Tú eres el mañana. Eres el apocalipsis.

Arrugué la nariz.

—Creo que no me gusta esa palabra.

Sonrió, rodó sobre la cama y se quedó unos centímetros a mi izquierda. Tumbado boca abajo, se metió las manos bajo el pecho y apoyó la mejilla sobre el colchón mirándome un instante con sus ojos fijos en los míos.

—Dijiste algo en la boda… Que éramos como Johnny y June. No lo pillé.

Sonrió.

—¿No conoces a Johnny Cash y June Carter?

—Más o menos.

—Ella también luchó como una leona por él. Se peleaban y él fue idiota respecto a muchas cosas. Pero lo arreglaron y pasaron el resto de su vida juntos.

—Ah, ¿sí? Seguro que ella no tenía un padre como Mick.

—No volverá a hacerte daño, Paloma.

—No puedes asegurarlo. En cuanto empiezo a hacerme un sitio, aparece.

—Bueno, vamos a tener trabajos normales, seremos pobres como el resto de universitarios, así que ya no tendrá motivo para venir husmeando en busca de dinero. Vamos a necesitar hasta el último céntimo. Menos mal que todavía tengo algunos ahorrillos para salir adelante.

—¿Tienes alguna idea de dónde vas a buscar trabajo? Yo he pensado en dar clases particulares. De *Mates*.

Travis sonrió.

—Se te dará bien. Yo podría dar clases de Ciencias.

—Se te da muy bien. Puedo dar referencias tuyas.

—No creo que cuente, viniendo de mi mujer.

Pestañeé.

—Ay, Dios. Es que parece una locura.

Travis se rio.

—¿Verdad? Me encanta. Voy a cuidar de ti, Paloma. No puedo prometerte que Mick no vuelva a buscarte alguna vez, pero sí que haré todo lo posible para evitarlo. Y si lo hace, tendrás mi amor para superarlo.

Le ofrecí una leve sonrisa, y estiré la mano para tocar su mejilla.

—Te quiero.

—Te quiero —contestó inmediatamente—. ¿Era buen padre antes de todo aquello?

—No sé —respondí mirando hacia el techo—. Supongo que creía que lo era, pero ¿qué sabe un niño de lo que es ser buen padre? Tengo buenos recuerdos de él. Que yo sepa, siempre bebió y jugó, pero cuando tenía una buena racha era amable. Generoso. Muchos de sus amigos eran hombres de familia… También trabajaban para la mafia, pero tenían hijos. Eran simpáticos y no les importaba que Mick me llevara consigo. Pasaba mucho tiempo entre bastidores, viendo cosas que los niños nunca ven, porque en aquella época me llevaba a todas partes. —Sentí que se me abría una sonrisa y luego derramé una lágrima—. Sí, supongo que lo era, a su manera. Yo le quería. Para mí era perfecto.

Travis tocó mi sien con la punta de su dedo, enjugando mi lágrima con ternura.

—No llores, Paloma.

Moví la cabeza, fingiendo que el tema me resbalaba.

—¿Lo ves? Aún puede hacerme daño, aunque no esté aquí.

—Yo sí estoy aquí —dijo cogiendo mi mano. Seguía mirándome, con la mejilla sobre las sábanas—. Me has cambiado la vida y has hecho que pueda volver a empezar… como un apocalipsis.

Fruncí el ceño.

—Sigue sin gustarme.

Se levantó de la cama y se envolvió la cintura con la sábana.

—Depende de cómo lo mires.

—No, la verdad es que no —contesté, viéndole caminar hacia el cuarto de baño.

—Salgo en cinco minutos.

Me estiré, dejando que mis extremidades se desplegaran en todas las direcciones sobre la cama, y me incorporé, peinándome con los dedos. Sonó la cisterna y luego el grifo. No lo decía en broma. Estaría listo en pocos minutos y yo, todavía desnuda en la cama.

Meter el vestido y su traje en el equipaje de mano fue todo un desafío, pero al final lo conseguí. Travis salió del baño y rozó mi mano con sus dedos al pasar a mi lado.

Me lavé los dientes, me peiné, me cambié y a las once estábamos haciendo el *checkout*.

Travis hizo fotos del techo del vestíbulo con su móvil y echamos un último vistazo antes de ponernos al final de la larga cola para coger un taxi. Hacía calor hasta a la sombra y las piernas ya se me empezaban a pegar a los vaqueros.

Mi teléfono vibró en el bolso. Lo miré rápidamente.

La poli se acaba d ir. Papá está n casa d Tim pero les he dicho q estabais en Las Vegas casándoos. Creo q se lo han tragado.

N serio?

Sí! M deberían dar 1 Oscar x esto.

Respiré aliviada.

—¿Quién es? —preguntó Travis.

—America —contesté dejando caer el móvil en el bolso—. Está cabreada.

Sonrió.

—Seguro.

—¿Adónde? ¿Al aeropuerto? —preguntó Travis soltando mi mano.

Volví a cogérsela, girándola de modo que se veía mi apodo tatuado en su muñeca.

—No, estoy pensando que tendríamos que hacer una parada técnica antes.

Levantó una ceja.

—¿Dónde?

—Ya lo verás.

Capítulo 10

TATUAJE

Abby

Qué quieres decir? —preguntó Travis palideciendo—. ¿No es para mí?

El tatuador se quedó mirándonos algo extrañado por la sorpresa de Travis.

Durante todo el trayecto en taxi, Travis había dado por hecho que le iba a regalar un nuevo tatuaje por la boda. Cuando le dije al conductor la dirección adonde nos dirigíamos, a Travis no se le pasó por la cabeza que fuera yo quien se iba a tatuar. Habló de tatuarse «Abby» en algún lugar del cuerpo, pero, dado que ya llevaba «Paloma» en la muñeca, le dije que me parecía redundante.

—Es mi turno —expliqué volviéndome hacia el tatuador—. ¿Cómo te llamas?

—Griffin —contestó en tono monótono.

—Claro —dije—. Quiero que pongas «Sra. Maddox» aquí. —Me llevé el dedo hacia los vaqueros y señalé la parte inferior derecha de mi abdomen lo suficientemente bajo como para que no se viera ni siquiera en biquini. Quería que Travis fuera el único al tanto del tatuaje, que fuera una agradable sorpresa cada vez que me desvistiera.

Travis sonrió exultante:

—¿«Sra. Maddox»?

—Sí, con este tipo de letra —dije señalando un póster que había en la pared con muestras de tatuajes.

Travis seguía sonriendo.

—Te pega. Es elegante, pero no demasiado.

—Exacto. ¿Puedes hacerlo?

—Sí. En una hora más o menos. Hay un par de personas delante de ti. Serán dos cincuenta.

—¿Dos cincuenta? ¿Por un par de garabatos? —preguntó Travis boquiabierto—. ¿De qué vas, colega?

—Me llamo Griffin —contestó impasible.

—Lo sé, pero...

—Está bien, cariño —dije yo—. Todo es más caro en Las Vegas.

—Espera a que lleguemos a casa, Palomita.

—¿Palomita? —repitió Griffin.

Travis le lanzó una mirada asesina.

—Cállate —le avisó, y volvió a mirarme—. Te saldrá doscientos pavos más barato en casa.

—Si espero, no me lo haré.

Griffin se encogió de hombros.

—Entonces a lo mejor deberías esperar.

Les miré a los dos.

—No voy a esperar. Voy a hacerlo. —Saqué mi cartera y le di tres billetes a Griffin—. Así que tú coge mi dinero

—miré a Travis enfurruñada— y tú, calladito. Son mi dinero y mi cuerpo, y esto es lo que quiero hacer.

Travis parecía estar pensando lo que iba a decir.

—Pero… te va a doler.

Sonreí.

—¿A mí… o a ti?

—A los dos.

Griffin cogió mi dinero y desapareció. Travis se puso a caminar por la habitación como un padre que espera nervioso a que nazca su hijo. Se asomaba al pasillo y seguía caminando. Era tan gracioso como molesto. En un momento me rogó que no me lo hiciera, pero luego le impresionó y le conmovió que estuviera tan decidida a tatuarme.

—Bájate los vaqueros —ordenó Griffin mientras preparaba sus instrumentos.

Con el ceño fruncido, Travis lanzó una mirada penetrante a aquel tipo menudo y musculoso, pero Griffin estaba demasiado ocupado como para percibir la expresión más temible de Travis.

Me senté en la silla y Griffin apretó varios botones. La silla se reclinó hacia atrás y Travis se sentó en un taburete al otro lado. Estaba nervioso.

—Trav —dije en voz baja—, siéntate.

Extendí la mano, la cogió y se sentó en una silla. Me besó los dedos y me regaló una sonrisa tierna, pero nerviosa.

Justo cuando pensaba que Travis no podía aguantar más la espera, mi móvil vibró en el bolso.

Ay, Dios, ¿y si era un mensaje de Trent? Travis ya estaba buscándolo, agradeciendo la distracción.

—Déjalo, Trav.

Miró la pantalla y frunció el ceño. Se me cortó la respiración. Me pasó el teléfono para que lo cogiera.

—Es Mare.

Se lo cogí y me habría sentido aliviada de no ser por la sensación abrasadora que me recorría el hueso de la cadera.

—¿Diga?

—Abby —dijo America—, ¿dónde estás? Shepley y yo acabamos de llegar a casa. El coche no está.

—Ah —dije con la voz una octava más aguda de lo normal. No pensaba contárselo todavía. No estaba segura de cómo decírselo, pero sabía que me iba a odiar por ello. Al menos durante un tiempo—. Estamos en... Las Vegas.

America se rio.

—Ya...

—Va en serio.

America se quedó callada y entonces su voz sonó tan chillona que me estremecí:

—¿Por qué estáis en Las Vegas? ¡La última vez que estuvisteis allí no os fue demasiado bien!

—Travis y yo decidimos... En fin, que nos hemos casado, Mare.

—¿Cómo? ¡Qué graciosa! ¡Espero que estés de coña!

Griffin colocó la plantilla sobre mi piel y presionó. Travis parecía querer asesinarle por tocarme.

—No seas tonta —dije, pero cuando la máquina de tatuar empezó a zumbar mi cuerpo entero se tensó.

—¿Qué es ese ruido? —preguntó America echando humo.

—Estamos en un estudio de tatuajes.

—¿Se va a tatuar tu verdadero nombre esta vez o qué?

—No exactamente…

Travis estaba sudando.

—Nena… —dijo enfurruñado.

—Puedo aguantarlo —dije yo concentrándome en distintos puntos del techo. Pegué un respingo cuando noté el dedo de Griffin sobre mi piel, pero intenté no ponerme tensa.

—Paloma… —dijo Travis en tono desesperado.

—Vale —dije moviendo la cabeza con desdén—. Estoy lista.

Me aparté el teléfono del oído e hice un gesto de dolor tanto por la aguja como por el inevitable discursito.

—Abby Abernathy, ¡te voy a matar! —exclamó America—. ¡Te voy a matar!

—Oficialmente, ahora soy Abby Maddox —le expliqué mientras sonreía a Travis.

—¡No es justo! —se quejó gimoteando—. ¡Yo tenía que ser tu dama de honor! ¡Tenía que ir a comprar el vestido contigo y organizarte una despedida de soltera y llevarte el ramo!

—Lo sé —dije, y observé cómo desaparecía la sonrisa de Travis al verme hacer otro gesto de dolor.

—No tienes por qué hacer esto, ¿sabes? —dijo frunciendo más el ceño.

Le apreté la mano.

—Lo sé.

—¡Eso ya lo has dicho! —dijo America cabreada.

—No estaba hablando contigo.

—¡Estás hablando conmigo! —dijo enfurecida—. ¡Y tanto que estás hablando conmigo! Y no te vas a librar de escucharlo, ¿me oyes? ¡Nunca, nunca te lo perdonaré!

—Sí que lo harás.

—Eres… Eres una… ¡Eres mala, Abby! Eres una mejor amiga horrible.

Solté una carcajada, haciendo que Griffin se echara para atrás. Resopló por la nariz.

—Lo siento —dije.

—¿Quién es ese? —preguntó bruscamente America.

—Es Griffin —contesté con toda naturalidad.

—¿Ha terminado? —le preguntó Griffin a Travis.

Travis asintió una vez.

—Sigue.

Griffin se limitó a sonreír y siguió. Todo mi cuerpo se volvió a tensar.

—¿Quién demonios es Griffin? Deja que lo adivine: ¿has invitado a un desconocido a vuestra boda, pero no a tu mejor amiga?

Me encogí tanto por el tono estridente de su voz como por la aguja que me penetraba la piel.

—No, no ha venido a la boda —contesté aspirando una bocanada de aire.

Travis suspiraba y se movía nervioso en la silla estrujándome la mano. Tenía un aspecto horrible. No pude evitar sonreír.

—Se supone que debería ser yo quien te estrujara la mano, ¿recuerdas?

—Perdona —dijo con la voz llena de angustia—. Creo que no puedo aguantarlo. —Abrió un poco la mano y miró a Griffin—. Date prisa, ¿vale?

Griffin negó con la cabeza.

—Vas cubierto de tatuajes y no aguantas ver a tu chica haciéndose una simple palabrita. Termino en un minuto, tío.

El gesto de Travis se endureció.

—Mi mujer. Es mi mujer.

America soltó un grito ahogado, tan agudo como el tono de su voz.

—¿Te estás tatuando? ¿Qué te está pasando, Abby? ¿Es que inhalaste gases tóxicos en el incendio?

—Travis tiene mi nombre en la muñeca —expliqué mirando la mancha negra sobre mi estómago. Griffin presionó la punta de la aguja contra mi piel y apreté los dientes—. Estamos casados —dije entre dientes—. Yo también quería uno.

Travis negó con la cabeza.

—No tenías por qué.

Entorné los ojos.

—No empieces.

Las comisuras de sus labios se combaron hacia arriba y me miró con la más dulce adoración que he visto nunca.

America se rio con un tono algo delirante.

—Te has vuelto loca.

«Mira quién fue a hablar».

—En cuanto vuelva a casa te interno en un manicomio.

—No es tanta locura. Nos queremos. Hemos estado viviendo prácticamente juntos todo el año. —«Vale, no un año…, pero tampoco importa ya. Y menos como para mencionarlo y darle más munición a America».

—Pero ¡tienes diecinueve años, idiota! ¡Y os habéis ido sin decírselo a nadie y yo no estoy ahí!

Por un segundo me inundaron sentimientos de culpa y duda. Por un segundo dejé que un poquito de pánico subiera a la superficie haciéndome creer que acababa de cometer un tremendo error, pero, en cuanto levanté la mirada hacia Travis y vi el inmenso amor en sus ojos, desapareció.

—Perdona, Mare, tengo que dejarte. Te veo mañana, ¿vale?

—¡No sé si quiero verte mañana! ¡No creo que quiera volver a ver a Travis nunca más!

—Te veo mañana, Mare. Estoy segura de que quieres ver mi anillo.

—Y tu tatuaje —afirmó en un tono que delataba que estaba sonriendo.

Le pasé el teléfono a Travis. Griffin volvió a clavar sus mil diminutos puñales de dolor y angustia en mi piel rabiosa. Travis se metió mi teléfono en el bolsillo y cogió mi mano entre las suyas, inclinándose para posar su frente sobre la mía.

El no saber qué esperar ayudaba, pero el dolor me iba quemando poco a poco. Cuando Griffin rellenaba las partes más gruesas de las letras, me contraía en un gesto de dolor y cada vez que se retiraba para quitar el exceso de tinta con una gasa, me relajaba.

Después de que Travis se quejara un par de veces más, Griffin nos sobresaltó proclamando bien alto:

—¡Hecho!

—¡Menos mal! —dije dejando caer la cabeza sobre la silla.

—¡Menos mal! —exclamó Travis y soltó un suspiro de alivio.

Me dio una palmadita en la mano sonriendo.

Miré hacia abajo para admirar las preciosas líneas negras escondidas bajo la mancha corrida de tinta negra:

«Sra. Maddox»

—¡Uau! —me admiré levantando las cejas.

La expresión enfurruñada de Travis de repente se convirtió en una sonrisa triunfal.

—Es precioso.

Griffin negó con la cabeza.

—Si me dieran un dólar por cada recién casado cubierto de tatuajes que trae a su mujer y lo lleva peor que ella…, en fin, no tendría que volver a tatuar más.

La sonrisa de Travis desapareció.

—Tú, listillo, dale las instrucciones para que se cuide el tatuaje y ya está.

—Te daré una hoja de instrucciones y pomada humectante en la entrada —dijo Griffin, que miraba a Travis fascinado.

No podía apartar los ojos de las elegantes letras tatuadas sobre mi piel. Estábamos casados. Era una Maddox, como todos esos maravillosos hombres a los que había acabado queriendo. Tenía una familia, aunque estuviera formada por tipos rabiosos, locos y adorables; eran míos y yo era suya. Les pertenecía y ellos a mí.

Travis estiró la mano y se miró la alianza en el dedo anular.

—Lo hemos hecho, nena. Todavía no me creo que seas mi mujer.

—Créetelo —dije con una sonrisa radiante.

Estiré el brazo hacia Travis señalando su bolsillo, giré la mano y abrí la palma. Me dio el teléfono y encendí la cámara para sacar una foto de mi tatuaje recién hecho. Travis me ayudó a bajar de la silla, con cuidado de no tocarme el costado derecho. Me dolía cualquier gesto que hiciera que los vaqueros me rozaran la piel en carne viva.

Después de una breve parada en el mostrador de la entrada, Travis se apartó lo justo para abrirme la puerta y salimos a coger un taxi que estaba esperando. Mi móvil volvió a sonar. Era America.

—Te va a soltar el papelón de víctima, ¿verdad? —dijo Travis.

Silencié el teléfono, no estaba de humor para aguantar que me pusiera a parir otra vez.

—Cuando vea las fotos, le entrará una pataleta de veinticuatro horas y después se le pasará.

—¿Está segura de eso, señora Maddox?

Solté una risita.

—¿Es que no vas a dejar de llamarme así? Lo has dicho cien veces desde que hemos salido de la capilla.

Negó con la cabeza mientras me abría la puerta del taxi.

—Dejaré de llamártelo cuando me haga a la idea de que es real.

—Oh, claro que es real. Tengo recuerdos de una noche de bodas para probarlo. —Me deslicé hacia el centro del asiento y él se puso a mi lado.

Se inclinó sobre mí y deslizó su nariz por mi cuello hasta llegar a la oreja.

—Sí que los tenemos.

Capítulo 11

EL CAMINO A CASA

Travis

Abby contemplaba Las Vegas por la ventana. Con solo mirarla me entraban ganas de tocarla y, ahora que era mi mujer, el sentimiento aumentaba. Pero estaba esforzándome al máximo para que no se arrepintiera de su decisión. Tomármelo con calma solía ser mi superpoder, pero ahora corría el serio peligro de convertirme en Shepley.

Incapaz de contenerme, deslicé la mano hacia ella y le rocé el dedo meñique.

—He visto fotos de la boda de mis padres. Pensaba que mi madre era la novia más guapa que vería nunca. Pero cuando te vi en la capilla cambié de opinión.

Bajó la mirada hacia nuestras manos, entrelazó sus dedos con los míos y me miró.

—Travis, cuando dices cosas así, haces que me vuelva a enamorar de ti. —Se acurrucó junto a mí y me besó en la mejilla—. Me encantaría haberla conocido.

—Ya, a mí también me habría encantado. —Hice una pausa preguntándome si debería decir lo que estaba pensando—. ¿Y tu madre?

Abby negó con la cabeza.

—Ya no estaba bien antes de que nos mudáramos a Wichita. Y cuando llegamos allí, su depresión empeoró. Simplemente desapareció. De no haber conocido a America, me habría quedado sola.

Tenía a mi esposa entre mis brazos, pero quería abrazar a la chica de dieciséis años que llevaba dentro. Y también a la niña. Había vivido muchas cosas de las que no podía protegerla.

—Sé..., sé que no es verdad, pero Mick me dijo muchas veces que le había arruinado la vida. A los dos. Tengo un miedo irracional a hacerte lo mismo a ti.

—¡Paloma! —la reñí, y le besé el pelo.

—Aunque es raro, ¿verdad? Cuando empecé a jugar, la suerte se le torció. Aseguraba que le había quitado la suerte. Como si tuviera ese poder sobre él. Eso puede generar emociones bastante conflictivas en una adolescente.

El dolor en sus ojos desataba un fuego bastante familiar en mi interior, pero respiré hondo para apagar las llamas rápidamente. No sabía si alguna vez podría ver sufrir a Abby sin volverme un poco loco, pero ella no necesitaba un novio impulsivo. Lo que necesitaba era un marido comprensivo.

—Si hubiera tenido algo de sentido común, te habría convertido en su talismán en vez de en su enemiga. En serio, peor para él, Paloma. Eres la mujer más increíble que conozco.

Empezó a jugar con las uñas.

—No quería que yo fuera su suerte.

—Podrías ser la mía. Ahora mismo me siento bastante afortunado.

Me dio un codazo juguetón en las costillas.

—Dejémoslo como está.

—No me cabe duda de que así será. Aún no lo sabes, pero acabas de salvarme.

Vi un destello en los ojos de Abby, que apoyó su mejilla sobre mi hombro.

—Eso espero.

Abby

Travis me acurrucó a su lado y me soltaba lo justo para que pudiéramos avanzar. No éramos la única pareja demasiado afectuosa esperando en la cola de facturación. Terminaban las vacaciones de primavera y el aeropuerto estaba lleno.

En cuanto conseguimos las tarjetas de embarque, atravesamos lentamente el control de seguridad. Cuando por fin alcanzamos el principio de la cola, Travis hizo saltar varias veces el detector, así que el agente de seguridad le pidió que se quitara el anillo.

Travis accedió a regañadientes. Una vez que pasamos el control, nos sentamos en un banco que había cerca para ponernos los zapatos. Travis murmuró varias palabrotas incomprensibles y luego se relajó.

—Está bien, cariño. Ya lo tienes otra vez en el dedo —me burlé riéndome de su reacción exagerada.

No contestó, simplemente me besó en la frente y dejamos la zona de seguridad para ir hacia la puerta de embarque. El resto de estudiantes que habían venido para las vacaciones de primavera parecían tan exhaustos y felices como nosotros. También vi varias parejas que llegaban de la mano, tan nerviosas e ilusionadas como nosotros cuando aterrizamos en Las Vegas.

Rocé los dedos de Travis con los míos.

Suspiró.

Su respuesta me cogió desprevenida. Era un suspiro pesado y lleno de angustia. Cuanto más nos acercábamos a la puerta, más despacio avanzábamos. Me preocupaba la reacción que nos encontraríamos en casa, pero sobre todo temía la investigación. Tal vez Travis estuviera pensando lo mismo y no quisiera hablarme de ello.

Cuando llegamos a la puerta 11, Travis se sentó a mi lado con su mano en la mía. Su rodilla no dejaba de saltar y se tocaba y tiraba de los labios con la otra mano. La barba de tres días temblaba cada vez que movía la boca. O se había bebido una jarra de café sin que yo me hubiera dado cuenta o estaba poniéndose histérico.

—Paloma… —dijo finalmente.

«Menos mal. Me va a hablar de ello».

—¿Sí?

Pensó en lo que iba a decir y luego suspiró otra vez.

—Nada.

Fuera lo que fuera, yo quería arreglarlo. Pero si él no estaba pensando en la investigación ni en enfrentarse a las secuelas del incendio, tampoco yo quería sacar el tema. Al poco tiempo de sentarnos, empezaron a llamar a los pasajeros de primera clase para que embarcaran. Travis y yo nos pusimos de pie con el resto de la gente para hacer la cola de la clase turista.

Travis se balanceaba de un pie a otro, se frotaba la nuca y me apretaba la mano. Era muy evidente que quería decirme algo. Le comía por dentro y yo no sabía qué más hacer que apretar su mano para animarle.

Cuando se empezaba a formar la cola para la clase turista, Travis vaciló un instante.

—No puedo quitarme esta sensación —dijo.

—¿Qué quieres decir? ¿Como un mal presentimiento? —pregunté muy nerviosa de repente.

No sabía si se refería al avión, a Las Vegas o a volver a casa. Todo lo que podía ir mal entre nuestro próximo paso y la llegada al campus me pasó por la mente.

—Tengo la absurda sensación de que, cuando lleguemos a casa, me voy a despertar. Como si nada de esto fuera real.

La preocupación brillaba en sus ojos, poniéndolos vidriosos. Con todas las cosas de las que preocuparnos y él tenía miedo a perderme; igual que yo temía perderle a él. Fue entonces, en ese momento, cuando supe que había hecho lo correcto. Sí, éramos jóvenes y sí, estábamos locos, pero estábamos tan enamorados como cualquiera. Éramos mayores que Romeo y Julieta. Mayores que mis abuelos. Puede que fuéramos niños hacía nada, pero había gente con diez años más de experiencia que aún no tenía la cabeza en su sitio. Nosotros no la teníamos perfectamente amueblada, pero nos teníamos el uno al otro y eso era más que suficiente.

Cuando volviéramos, probablemente todo el mundo esperaría que nos derrumbáramos, probablemente esperarían ver el deterioro de nuestra pareja por habernos casado demasiado jóvenes. Solo con imaginar todas esas miradas, las historias y los chismorreos se me ponían los pelos de punta. Puede que tardáramos una vida entera en demostrar a todo el mundo que lo nuestro funcionaría. Habíamos cometido muchos errores y sin duda cometeríamos más, pero la suerte estaba de nuestra parte. Ya les habíamos demostrado que estaban equivocados antes.

Después de un verdadero partido de tenis de preocupaciones y frases tranquilizadoras, rodeé con los brazos a mi marido por el cuello y posé suavemente mis labios sobre los suyos.

—Me apostaría a nuestro primer hijo, así de segura estoy.

Era una apuesta que no iba a perder.

—No puedes estar tan segura —dijo.

Levanté una ceja y torcí la boca hacia un lado.

—¿Apostamos?

Travis se relajó, cogió su tarjeta de embarque de entre mis dedos y se la dio a la asistente de vuelo.

—Gracias —dijo ella, que la escaneó y se la devolvió. Luego hizo lo propio con la mía e, igual que habíamos hecho veinticuatro horas antes, avanzamos de la mano por el *finger*.

—¿Es una indirecta? —me preguntó Travis. Se paró en seco—. ¿No estarás…? ¿Es por eso por lo que querías que nos casáramos?

Me reí, negué con la cabeza y tiré de él.

—No, por Dios. Creo que ya hemos dado un paso lo bastante importante por un tiempo.

Asintió una vez.

—Muy bien, señora Maddox.

Me apretó la mano y embarcamos en el avión rumbo a casa.

Capítulo 12

ANIVERSARIO

Abby

Gotas de agua sobre mi piel se mezclan con la crema solar y magnifican la textura de mi estómago bronceado. El sol nos golpea, a nosotros y a todo el mundo en la playa, y hace bailar al calor en ondas sobre la arena entre los tramos de toallas de colores llamativos.

—Señorita —dijo el camarero agachándose con dos bebidas. El sudor resbalaba por su piel oscura, pero sonreía—, ¿lo cargamos a la cuenta de su habitación?

—Sí, gracias —dije cogiendo mi margarita de fresa helado y firmando el recibo.

America cogió el suyo y removió el hielo con la diminuta pajita.

—Esto-es-el-paraíso.

Todos merecíamos un poco de paraíso para recuperarnos del último año. Tras asistir a decenas de funerales y ayudar a Travis a lidiar con su sentimiento de culpa, nos enfrentamos a más preguntas de la policía. Los estudiantes presentes en la pelea no mencionaron a Travis al hablar con las autoridades, pero se corrió el rumor y las familias tardaron mucho en conformarse con la detención de Adam.

Me costó un montón convencer a Travis de que no se entregara. Creo que lo único que le detuvo fue que le rogara que no me dejara sola y saber que acusarían a Trent por entorpecer la investigación. Los primeros seis meses de matrimonio no fueron nada fáciles y pasamos largas noches discutiendo sobre lo que debíamos hacer. Tal vez estuviera mal intentar que Travis no fuera a la cárcel, pero me daba igual. No creía que tuviera más responsabilidad que ninguna de las personas que eligieron estar en aquel sótano aquella noche. Nunca me arrepentiría de mi decisión, como nunca me arrepentiría de mirar a los ojos a ese inspector y mentirle para salvar a mi marido.

—Sí —dije viendo cómo el agua reptaba por la arena para luego retirarse—. Tenemos que agradecérselo a Travis. Ha estado en el gimnasio con todos los clientes que ha podido meter en sus clases seis días a la semana desde las cinco hasta las diez de la noche. Todo esto ha sido cosa suya. Lo que está claro es que el dinero de mis clases no nos ha traído hasta aquí.

—¿Agradecérselo? Cuando me prometió una boda de verdad, no sabía que se refería a un año más tarde.

—America —la regañé volviéndome hacia ella—, ¿cómo puedes ser tan mimada? Estamos en una playa bebiendo margaritas helados en Saint Thomas.

—Supongo que me estaba dando tiempo para planear tu despedida de soltera y la renovación de vuestros votos —dijo dando un sorbo.

Sonreí y me volví hacia ella.

—Gracias. De verdad. Esta es la mejor despedida de soltera de la historia.

Harmony se acercó y se sentó en la tumbona al otro lado, con su pelo castaño cortito como un duende brillando al sol. Se sacudió el agua salada de forma que se le quedara despeinado.

—¡Qué caliente está el agua! —exclamó poniéndose sus enormes gafas de sol—. Hay un tío ahí enseñando a unos niños a hacer windsurf. Está demasiado bueno.

—Tal vez podrías convencerle de que nos haga de estríper más tarde —dijo America con gesto serio.

Kara frunció el ceño.

—America, no. Travis se pondría furioso. En realidad Abby no está soltera, ¿recuerdas?

America se encogió de hombros y dejó que sus ojos se cerraran tras las gafas de sol. Aunque Kara y yo nos habíamos hecho íntimas desde que me fui de casa, ella y America aún no se llevaban demasiado bien. Probablemente porque ambas decían exactamente lo que pensaban.

—Le podemos echar la culpa a Harmony —dijo America—. Travis no se puede cabrear con ella. Siempre estará en deuda con Harmony por haberle dejado entrar en el Morgan Hall la noche que habíais discutido.

—Eso no significa que quiera convertirme en el foco del odio de un Maddox —dijo Harmony estremeciéndose.

Me reí de su ocurrencia.

—Ya sabes que no ha tenido ningún pronto en mucho tiempo. Ahora ya tiene su ira dominada.

Ese semestre, Harmony y yo íbamos a dos clases juntas. Cuando la invité al apartamento a estudiar, Travis vio que era la chica que le había dejado entrar en nuestro colegio mayor. Su hermano era miembro de la fraternidad Sigma Tau, igual que Travis, y por esa razón era una de las pocas chicas guapas del campus con las que Travis no se había acostado.

—Travis y Shepley llegarán mañana por la tarde —recordó America—. Tenemos que corrernos una juerga esta noche. ¡No irás a creer que Travis está en casa sin hacer nada! Vamos a salir por ahí y nos lo pasaremos de puta madre, lo quieras o no.

—Está bien —asentí—, pero nada de estríperes. Y no hasta demasiado tarde. En esta boda sí va a haber público y no quiero estar resacosa.

Harmony levantó la banderita que había junto a su tumbona y casi de inmediato apareció un camarero.

—¿En qué puedo ayudarla, señorita?

—Una piña colada, por favor.

—Por supuesto —dijo antes de retirarse.

—Qué pijo es este sitio —comentó America.

—¿Y todavía te preguntas por qué hemos tardado un año en ahorrar para esto?

—Tienes razón, no debería haber dicho nada. Trav quería que tuvieras lo mejor. Lo pillo. Y ha sido un detalle que mi madre y mi padre me pagaran el billete, porque sin eso no podría haber venido ni de coña.

Solté una risilla.

—Me prometiste que sería dama de honor y hacer todo lo que perdí por tu culpa el año pasado. Me tomo que hayan pagado el viaje como vuestro regalo de boda y de aniversario y además mi regalo de cumple, todo en uno. Si quieres saber mi opinión, les ha salido barato.

—Aun así, es demasiado.

—Abby, te quieren como a una hija. Mi padre está emocionado con la idea de llevarte al altar. Déjales que hagan esto sin fastidiarles su buena intención —declaró America.

Sonreí. Mark y Pam me trataban como si fuera de la familia. Después de que mi padre se metiera en una situación peligrosa el año anterior, Mark creyó que yo necesitaba una nueva figura paterna y se propuso él mismo para desempeñar ese papel. Si necesitaba ayuda con las clases o con los libros o me hacía falta una aspiradora nueva, Mark y Pam se presentaban en mi puerta. Ayudándome, también tenían una excusa para venir a visitarnos a America y a mí y, evidentemente, eso era lo que más disfrutaban.

Ahora no solo tenía al rebelde clan de los Maddox como familia, sino también a Mark y a Pam. Había pasado de no tener a nadie a pertenecer a dos familias maravillosas, que eran increíblemente importantes para mí. Al principio me angustiaba, porque nunca había tenido tanto que perder. Pero con el tiempo comprendí que mi nueva familia no iría a ninguna parte y aprendí que podía sacar muchas cosas buenas de la desgracia.

—Lo siento. Intentaré aceptarlo como una buena chica.

—Gracias.

—¡Gracias! —exclamó Harmony cogiendo su copa de la bandeja. Firmó el recibo y empezó a beber el cóctel de fruta—. ¡Estoy tan emocionada de haber venido a esta boda!

—Yo también —declaró America mirándome.

Casi no me había perdonado que me hubiera casado sin invitarla. Lo cierto es que esperaba que ella nunca me hiciera lo mismo, pero el matrimonio aún le quedaba muy lejos.

Shepley y ella pensaron en buscar casa juntos, pero al final decidieron que, aunque siempre estaban el uno con el otro, America debería quedarse en Morgan y que Shepley se instalaría en Helms, un colegio mayor masculino. A Mark y Pam les gustaba más así. Querían mucho a Shepley, pero les preocupaba que el estrés de las facturas y los trabajos de la vida real distrajeran a Shepley y America de sus estudios. A America ya le costaba, incluso estando en el colegio mayor.

—Solo espero que vaya bien. Odio la idea de estar ahí delante con toda esa gente mirándonos.

America suspiró con una sonrisa.

—Elvis no está invitado, pero estoy segura de que, aun así, será preciosa.

—Aún no me puedo creer que Elvis estuviera en tu boda —comentó Harmony entre risillas.

—No el Elvis muerto —aclaró Kara impávida.

—Esta vez no está invitado —dije mientras observaba a los niños de las clases celebrar que ya hacían windsurf solos.

—¿Cómo fue casaros en Las Vegas? —preguntó Harmony.

—Fue… —dije recordando el momento en que nos fuimos, casi un año antes— estresante y aterrador. Estaba asustada. Lloré. Fue casi perfecto.

La expresión de Harmony era una mezcla de repulsión y sorpresa.

—Eso parece.

—Que te jodan —dije cabreado.

—¡Ah, venga! —contestó Shepley temblando de la risa—. Antes me decías que yo era «la nenaza».

—Insisto: que te jodan.

Shepley apagó el motor. Había aparcado el Charger en el extremo del aparcamiento de Cherry Papa's, hogar de las estrípers más gordas y sucias de la ciudad.

—Que no te vas a llevar a una a casa.

—Se lo prometí a Paloma: nada de estriptis.

—Y yo te prometí una despedida de soltero.

—Tío, vámonos a casa. Estoy a reventar y mañana por la mañana tenemos que coger un avión.

Shepley frunció el ceño.

—Las chicas se han pasado todo el día tiradas en una playa en Saint Thomas y ahora probablemente estén de fiesta en una discoteca.

Negué con la cabeza.

—Abby y yo no vamos a discotecas sin el otro. Ella no lo haría.

—Lo hará si lo organiza America.

Volví a negar con la cabeza.

—Que no lo hará, joder. No voy a entrar en un club de estrípers, así que piensa en otra cosa o llévame a casa.

Shepley suspiró y entornó los ojos.

—¿Y ese?

Entonces seguí la línea de su mirada hasta el edificio siguiente.

—¿Un hotel? Shep, te quiero, tío, pero no es una despedida de verdad. Estoy casado. Y aunque no lo estuviera, no me acostaría contigo.

Shepley negó con la cabeza.

—Ahí dentro hay un bar. No es una discoteca. ¿Está eso permitido dentro de la larga lista de reglas del matrimonio?

Fruncí el ceño.

—Simplemente respeto a mi mujer. Y sí, capullo, podemos entrar ahí.

—¡Genial! —exclamó frotándose las manos.

Cruzamos la calle y Shepley abrió la puerta. Estaba completamente oscuro.

—Eh... —empecé a decir.

De repente se encendieron las luces. Los gemelos, Taylor y Tyler, me tiraron confeti a la cara, la música empezó a sonar a todo volumen y descubrí la imagen más dantesca que jamás he visto: Trenton con un tanga de tío cubierto de kilos y kilos de purpurina. Llevaba una peluca rubia barata y Cami le jaleaba partiéndose de risa.

Shepley me empujó hacia dentro. Mi padre estaba en el otro extremo del local, al lado de Thomas. Los dos estaban negando con la cabeza. Mi tío Jack estaba al otro lado de Thomas y el resto del local estaba lleno de compañeros de Sigma Tau y del equipo de fútbol.

—Te advertí que nada de estriptis —murmuré boquiabierto viendo a Trenton bailar un tema de Britney Spears por todo el local.

Shepley soltó una carcajada.

—Lo sé, hermano, pero me parece que el estriptis ha tenido lugar antes de que llegáramos.

Qué desastre. Mi cara se contrajo de asco al ver a Trent arrimarse y restregarse con la gente por todo el local, aunque no quería mirar. Todos le jaleaban. El techo estaba decorado con recortes en forma de tetas colgando y hasta había una tarta con forma de tetas sobre la mesa al lado de mi padre. Había estado en varias despedidas de soltero, pero esta tenía que llevarse algún premio a la más friki.

—¡Eh! —dijo Trenton, sudoroso y sin respiración. Se quitó un par de mechones de pelo falso de la cara.

—¿Has perdido alguna apuesta? —pregunté.

—Ya que lo dices, sí.

Taylor y Tyler estaban al otro lado del local golpeándose las rodillas y riéndose tanto que apenas podían respirar.

Le di una palmada en el culo a Trenton.

—Estás buenorro, hermanito.

—Gracias —dijo.

La música volvió a sonar y movió las caderas hacia mí. Le aparté y con la misma resolución se puso a bailar por todo el local animando a la gente.

Miré a Shepley.

—Me muero por ver cómo explicas todo esto a Abby.

Sonrió.

—Es tu mujer. Hazlo tú.

Durante las siguientes cuatro horas, estuvimos bebiendo, hablando y viendo cómo Trenton hacía el más absoluto ridículo. Como era de esperar, mi padre se retiró pronto. Él y el resto de mis hermanos tenían que coger un avión: a la mañana siguiente todos volaríamos a Saint Thomas para celebrar la renovación de nuestros votos.

En los últimos doce meses, Abby había estado dando clases particulares mientras yo hacía entrenamientos personales en el gimnasio. Habíamos conseguido ahorrar un poco —después de pagar las tasas de la universidad, el alquiler, los plazos del coche— para volar a Saint Thomas y pasar unos días en un buen hotel. Podíamos haber gastado el dinero en muchas otras cosas, pero America no dejaba de hablar de ello y no pudimos evitarlo. Cuando sus padres nos dieron el regalo de boda-cumpleaños de America-aniversario, tratamos de decir que no, pero America insistió.

—Venga, tíos. Me va a doler todo por la mañana si no me retiro ya.

Todo el mundo gruñó y me increpó con palabras como «nenaza» o «rajado», pero la verdad es que ya estaban acostumbrados a la nueva versión más mansa de Travis Maddox. Llevaba casi un año sin dar un puñetazo a nadie.

Bostecé y Shepley me dio con el puño en el hombro.

—Vamos.

Condujimos en silencio. No sé lo que pensaba Shepley, pero me moría de ganas de ver a mi mujer. Se había marchado el día anterior y era la primera vez que nos separábamos desde la boda.

Shepley aparcó delante del apartamento y paró el motor.

—Entrega a domicilio, mamón.

—Admítelo: lo echas de menos.

—¿El apartamento? Sí, un poco. Pero echo más de menos verte luchar y ganar mogollón de dinero.

—Sí, a veces yo también. Te veo mañana.

—Te recojo aquí a las seis y media.

—Hasta luego.

Shepley se marchó y subí lentamente la escalera buscando las llaves del apartamento. Odiaba volver a casa cuando Abby no estaba. Desde que nos conocíamos no había sensación peor que esa y ahora era incluso más deprimente, porque ya ni siquiera estaban Shepley y America para molestarme.

Metí la llave y abrí la puerta, la cerré con cerrojo tras de mí y lancé mi cartera sobre la encimera. Ya había llevado a Toto a la guarde de perros para que le cuidaran mientras estábamos fuera. Había demasiado silencio. Suspiré. La casa había cambiado mucho en el último año. Los pósteres y carteles de bar ya no estaban y en su lugar había fotos de nosotros dos y varios cuadros. Ya no era un piso de soltero, pero el cambio era para bien.

Entré en mi dormitorio, me desvestí y me quedé solo con los bóxer de Calvin Klein. Me metí en la cama bajo el edredón de flores azul y verde, otro detalle que nunca se habría visto en esta casa de no haberle metido mano Abby. Cogí su almohada y apoyé la cabeza sobre ella. Olía a Abby.

El reloj marcaba las dos de la madrugada. En doce horas estaría con ella.

Capítulo ~~13~~ 14

SOLTERA

Abby

Los que estaban sentados en el extremo del restaurante empezaron a gritar y a empujar las mesas y a los niños para refugiarse. Varias copas de vino y varios cubiertos cayeron al suelo. Alguien golpeó una lámpara a prueba de viento en forma de piña, que se cayó de la mesa y se rompió. America puso los ojos en blanco y miró desesperada a la veintena de personas apiñadas a pocas mesas de distancia.

—¡Por Dios, gente! ¡Solo es un poco de lluvia!

Los camareros corrieron a desplegar las paredes enrolladas de la terraza.

—Y vosotras os quejabais porque no teníamos vistas del océano —comentó Harmony burlona.

—Mira, esas brujas pijas ya no sonríen tanto, ¿eh? —dijo America asintiendo y observando con una sonrisa al grupo de rubias empapadas y apiñadas.

—Para, Mare. Has bebido demasiado vino —advertí.

—Estoy de vacaciones y es una despedida de soltera. Se supone que debo emborracharme.

Le di una palmadita en la mano.

—No pasaría nada si no fueras una borracha mala.

—Que te den, guarra, yo no soy una borracha mala. —Le lancé una mirada asesina y ella me guiñó un ojo y sonrió—. Es broma.

Harmony dejó caer el tenedor sobre el plato.

—Estoy llena. ¿Y ahora qué?

Con una sonrisa pícara, America sacó un pequeño bloc de tres anillas del bolso. Tenía unas letras de gomaespuma pegadas en la portada que decían «Travis y Abby» con la fecha de nuestra boda.

—Ahora vamos a jugar.

—¿A qué clase de juego? —pregunté recelosa.

Abrió el archivador.

—Como Cami no podía llegar hasta mañana, te ha hecho esto —dijo abriendo la tapa para leer lo que había escrito en la primera página—. El juego de «Lo que pensaría tu marido». He oído hablar de él. Superdivertido, aunque normalmente es sobre tu futuro marido —explicó moviéndose emocionada en la silla—. Pues eso…, Cami le hizo estas preguntas a Travis la semana pasada y me dio este cuaderno para que lo trajera.

—¿Cómo? —pregunté con voz chillona—. ¿Qué clase de preguntas?

—Estás a punto de averiguarlo —aclaró mientras le hacía un gesto al camarero. Este trajo una bandeja llena de chupitos de gelatina.

—Ay, Dios —me lamenté.

—Si te equivocas, bebes. Si aciertas, bebemos. ¿Lista?

—Vale —dije mirando a Kara y a Harmony.

America se aclaró la voz sosteniendo el cuaderno enfrente.

—¿Cuándo supo Travis que eras la mujer de su vida?

Lo pensé un momento.

—Aquella primera noche jugando al póquer en casa de su padre.

—¡Eeeee! —America hizo un sonido horrible con la garganta—. Cuando se dio cuenta de que no era lo suficientemente bueno para ti, o sea, la primera vez que te vio. ¡Bebe!

—¡Oh! —exclamó Harmony echándose la mano al pecho.

Cogí uno de los vasitos de plástico y lo estrujé echándome el contenido en la boca. Estaba rico. Tampoco me iba a importar nada perder.

—¡Siguiente pregunta! —anunció America—. ¿Qué es lo que más le gusta de ti?

—Cómo cocino.

—¡Eeeee! —America repitió ese ruido otra vez—. ¡Bebe!

—Se te da muy mal este juego —comentó Kara claramente divertida.

—Puede que lo esté haciendo aposta… ¡Esto está bueno! —contesté antes de meterme otro chupito en la boca.

—La respuesta de Travis: tu risa.

—¡Uau! —exclamé sorprendida—. ¡Qué tierno!

—¿Cuál es su parte favorita de tu cuerpo?

—Mis ojos.

—¡Ding, ding, ding! ¡Correcto!

Harmony y Kara aplaudieron y yo incliné la cabeza.

—Gracias, gracias. Y ahora bebed, guarras.

Todas se echaron a reír y se bebieron su chupito.

America volvió la página y leyó la siguiente pregunta:

—¿Cuándo quiere tener hijos Travis?

—Ah —resoplé a través de los labios—. ¿En siete... u ocho años?

—Un año después de que os graduéis.

Kara y Harmony formaron un «Oh» con la boca.

—Bebo —me anticipé—, pero él y yo tendremos que hablar más de eso.

America negó con la cabeza.

—Este es un juego de preboda, Abby. En tu situación, se te tendría que dar mucho mejor.

—Calla y sigue.

Kara apuntó:

—Técnicamente, no puede callarse y seguir.

—¡Siguiente pregunta! —anunció America—. ¿Cuál crees que es su momento preferido de vuestra relación?

—¿La noche que ganó la apuesta y yo me fui a vivir con él?

—¡Correcto otra vez! —exclamó America.

—Ay, qué bonito es esto. Es demasiado —dijo Harmony.

—¡Bebed! Siguiente pregunta —dije sonriendo.

—¿Qué le has dicho a Travis que nunca olvidará?

—Uf, ni idea.

Kara se acercó a mí:

—Intenta adivinarlo.

—¿La primera vez que le dije que le quería?

America entornó los ojos pensando.

—Técnicamente, has fallado. ¡Su respuesta fue cuando le dijiste a Parker que amabas a Travis! —America soltó una carcajada y el resto la seguimos—. ¡Bebe!

America volvió otra página.

—¿Sin qué objeto no podría vivir Travis?

—Sin su moto.

—¡Correcto!

—¿Dónde fue vuestra primera cita?

—Técnicamente, en el Pizza Shack.

—¡Correcto! —dijo America otra vez.

—Pregúntale algo más difícil o vamos a acabar pedo —dijo Kara bebiéndose otro chupito de un trago.

—Hum… —murmuró America pasando páginas con el pulgar—. Ah, aquí está. «¿Qué crees que es lo que más le gusta a Abby de ti?».

—¿Qué clase de pregunta es esa? —pregunté. Todas me miraron expectantes—. Eh…, lo que más me gusta de él es cómo me toca cuando nos sentamos juntos, pero apuesto a que ha dicho que sus tatuajes.

—¡Maldita sea! —protestó America—. ¡Correcto!

Bebieron mientras yo aplaudía celebrando mi pequeña victoria.

—Una más —dijo America—. ¿Cuál cree Travis que es el regalo que más te gusta de los que te ha hecho?

Pensé unos segundos.

—Esa es fácil. El álbum de recortes que me dio por San Valentín este año. Ahora ¡bebed!

Todas nos reímos y, aunque les tocaba a ellas, yo también me tomé el último chupito.

Harmony se limpió la boca con una servilleta y me ayudó a recoger los vasos vacíos y a ponerlos sobre la bandeja.

—¿Cuál es el plan ahora, Mare?

America no paraba de moverse, claramente emocionada por lo que iba a decir.

—Vamos a una discoteca. Eso es lo que vamos a hacer.

Negué con la cabeza.

—Ni de broma. Ya hemos hablado de eso.

America puso morritos.

—No lo hagas —le advertí—. He venido aquí para renovar mis votos, no para divorciarme. Piensa en otra cosa.

—¿Por qué no se fía de ti? —preguntó America con un tono muy cercano al lloriqueo.

—Si de verdad me apeteciera, iría. Simplemente respeto a mi marido y prefiero que nos llevemos bien a ir a sentarme en una discoteca llena de humo y luces que me dan dolor de cabeza. Es que acabaría preguntándose qué ocurrió allí dentro y prefiero evitarlo. Por ahora nos ha funcionado.

—Yo respeto a Shepley, pero voy a discotecas sin él.

—No, no lo haces.

—Pero solo porque aún no me ha apetecido. Esta noche me apetece.

—Pues a mí no.

America frunció el ceño.

—Vale, plan B. ¿Una noche de póquer?

—Muy graciosa.

A Harmony se le iluminó a cara.

—¡He visto un *flyer* sobre una velada de cine esta noche en Honeymoon Beach! Ponen una pantalla enorme sobre el agua.

America hizo una mueca.

—Es aburrido.

—No, suena divertido. ¿A qué hora empieza?

Harmony miró su reloj, se puso seria y se desinfló de repente.

—Dentro de quince minutos.

—¡Podemos llegar! —exclamé cogiendo mi bolso—. ¡La cuenta, por favor!

Travis

—Tranquilízate, tío —me pidió Shepley mirando cómo mis dedos golpeaban nerviosamente el reposabrazos de metal.

Habíamos aterrizado bien y el avión estaba parado, pero por la razón que fuera aún no nos dejaban salir. Todo el mundo esperaba en silencio ese pequeño «ding» que nos liberara. Hay algo en ese «ding» y la lucecita que indica que puedes desabrocharte el cinturón de seguridad que hace que todos se levanten de un salto y se apresuren a coger el equipaje de mano para ponerse a la cola. Pero yo tenía una razón concreta para tener prisa, así que la espera se me estaba haciendo especialmente irritante.

—¿Por qué coño tardan tanto? —pregunté, tal vez demasiado alto. Una mujer que iba delante de nosotros con un niño se giró a mirarme—. Perdón.

Se volvió hacia delante enfurruñada. Miré mi reloj.

—Vamos a llegar tarde.

—No —replicó Shepley con su típico tono suave y calmado—. Aún tenemos mucho tiempo.

Me incliné hacia un lado para asomarme por el pasillo, como si eso fuera a ayudar.

—La tripulación no se ha movido. Espera, uno está hablando por teléfono.

—Eso es buena señal.

Me volví a sentar bien y suspiré.

—Vamos a llegar tarde.

—Que no. Simplemente la echas de menos.

—Pues sí —dije.

Sabía que estaba ofreciendo una cara lamentable y ni siquiera me esforzaba en ocultarlo. Era la primera vez que Abby y yo pasábamos la noche separados desde antes de casarnos y resultaba horrible. Aunque ya había pasado un año, todavía esperaba con ansiedad el momento en que se despertaba y la echaba de menos mientras dormíamos.

Shepley movió la cabeza para mostrar su desaprobación.

—¿Recuerdas cuando te metías conmigo por actuar así?

—No las querías como yo la quiero a ella.

Shepley sonrió.

—Eres feliz, ¿eh, tío?

—Mira que ya la quería antes, pero ahora la quiero aún más. Es como cuando mi padre hablaba de mi madre.

Shepley sonrió y entreabrió la boca para hablar, pero entonces sonó el «ding» que indicaba que podíamos desabrochar el cinturón y todo el mundo se puso de pie frenéticamente para coger su equipaje y tomar posiciones en el pasillo.

La madre de delante de mí sonrió y me dijo:

—Enhorabuena, parece que tienes las cosas más claras que la mayoría.

La cola empezó a moverse.

—No tanto. Es que aprendimos muchas lecciones duras bastante pronto.

—Suerte que tienes —aseguró ella mientras guiaba a su hijo por el pasillo.

Me reí pensando en todas aquellas cagadas y decepciones, pero esa mujer tenía razón. Si debiera hacerlo todo de nuevo, preferiría soportar el dolor al principio y no empezar teniéndolo fácil para luego ver cómo todo se va a la mierda.

Shepley y yo nos apresuramos hacia la recogida de equipajes, cogimos nuestra maleta y salimos a buscar un taxi. Me sorprendió ver a un tipo de traje negro sosteniendo una pizarra blanca en la que estaba escrito «Familia Maddox» en rotulador rojo.

—Hola —le dije.

—¿Señor Maddox? —preguntó con una amplia sonrisa.

—Somos nosotros.

—Soy el señor Gumbs. Por aquí. —Cogió mi maleta grande y nos guio hasta un Cadillac Escalade negro que estaba aparcado fuera—. Se alojan en el Ritz-Carlton, ¿verdad?

—Sí —contestó Shepley.

Metimos el resto del equipaje en el maletero y nos sentamos en la fila de asientos del medio.

—¡Toma ya! —exclamó Shepley mientras miraba alrededor.

El conductor arrancó y nos llevó, colina arriba y colina abajo, por un camino lleno de curvas conduciendo por el otro lado de la carretera. Era confuso, porque el volante estaba en el mismo lado que en nuestros coches.

—Me alegro de no haber alquilado un coche —comenté.

—Sí, la mayoría de accidentes los causan los turistas.

—Seguro —dijo Shepley.

—No es tan difícil. Simplemente hay que recordar que se va más cerca del bordillo —explicó imitando un golpe de karate con la mano izquierda.

Siguió con su pequeño recorrido y nos fue enseñando distintas cosas a lo largo del camino. Las palmeras ya hacían que me sintiera fuera de lugar, pero los coches aparcados en la parte izquierda de la calzada me ponían nervioso. Las inmensas colinas parecían tocar el cielo. Sus laderas estaban salpicadas con pequeñas motas blancas que supuse que eran casas.

—Ese es el Centro Comercial Havensight —explicó el señor Gumbs—, donde amarran todos los cruceros. ¿Lo ven?

Vi los grandes barcos, pero no podía apartar la mirada del agua. Jamás había visto agua de un azul tan puro. Supongo que por eso lo llaman azul Caribe. Era increíble.

—¿Queda mucho?

—Estamos llegando —explicó el señor Gumbs con una sonrisa de felicidad.

En ese momento el Cadillac frenó para dejar paso a los coches que venían en sentido contrario y nos metimos en un largo camino que salía al lado contrario de la carretera. Volvió a frenar delante de una garita de seguridad, donde nos hicieron un gesto para que pasáramos, y seguimos un largo trecho hasta la entrada del hotel.

—¡Gracias! —dijo Shepley.

Le dio una propina al conductor y luego sacó el móvil y tocó la pantalla. Su teléfono hizo un ruido de beso, supongo que sería de America. Leyó el mensaje y asintió.

—Parece que tenemos que ir a la habitación de Mare, porque están arreglándose en la tuya.

Hice una mueca.

—Qué… raro.

—Supongo que no quieren que veas a Abby todavía.

Negué con la cabeza y sonreí.

—La última vez hizo lo mismo.

Un empleado del hotel nos acompañó a un *buggy* de golf y nos llevó hasta nuestro edificio. Le seguimos a la habitación indicada y entramos. Era muy… tropical, muy tropical rollo sofisticado Ritz-Carlton.

—¡No está mal! —exclamó Shepley sonriendo.

Fruncí el ceño.

—La ceremonia es dentro de dos horas. ¿Tengo que esperar dos horas?

Shepley levantó un dedo, dio un toque a su móvil y me miró.

—No. Podrás verla en cuanto esté lista. Instrucciones directamente de Abby. Al parecer, ella también te echa de menos.

Una sonrisa enorme me inundó la cara. No pude evitarlo. Abby tenía ese efecto sobre mí; lo tenía hacía dieciocho meses, hace un año, ahora y durante el resto de mi vida. Saqué mi móvil.

T quiero, nena.

Ya stás aquí! Yo tb t quiero!

T veo pronto.

No lo dudes, pequeñuelo!!!

Solté una carcajada. Ya había dicho que Abby lo era todo para mí. Pero los últimos 365 días habían demostrado que era verdad.

Alguien llamó a la puerta y fui a abrir.

La cara de Trent se iluminó.

—¡Capullo!

Solté una carcajada, sacudí la cabeza e hice un gesto a mis hermanos para que entraran.

—Pasad, animales. Tengo una esposa que espera y un esmoquin que lleva mi nombre.

Capítulo 15

Y COMIERON PERDICES

Travis

Un año después de esperar a Abby en un altar de Las Vegas, volvía a estar esperándola, esta vez en un cenador con vistas al mar azul intenso que rodea Saint Thomas. Tiré de la pajarita pensando que había acertado al no ponérmela la última vez, aunque entonces tampoco había tenido que lidiar con la revisión de America.

A un lado había sillas blancas vacías con lazos naranja y violeta atados alrededor del respaldo; al otro estaba el océano. El pasillo por el que Abby llegaría estaba cubierto con tela blanca y había flores naranjas y violetas adondequiera que mirara. Habían hecho un buen trabajo. Aunque yo seguía prefiriendo nuestra primera boda, esta se parecía más al sueño de cualquier chica.

Entonces, el sueño de cualquier chico apareció entre una hilera de árboles y matas. Abby estaba sola, con las manos vacías, y el largo velo blanco que salía de su pelo, medio recogido, medio suelto, ondeaba con la cálida brisa del Caribe. Llevaba un vestido blanco largo ajustado y algo brillante. Probablemente era de satén. No estaba seguro, pero me daba igual. Solo podía mirarla a ella.

Salté los cuatro escalones que llevaban al cenador, corrí lentamente hacia mi mujer y la alcancé a la altura de la última fila de sillas.

—Dios, te he echado tanto de menos… —confesé envolviéndola con mis brazos.

Abby apretó los dedos en mi espalda. Era la mejor sensación que había tenido en días, desde que la abracé al despedirnos.

Ella no dijo nada, solo soltó una risilla nerviosa, pero era evidente que también se alegraba de verme. Este último año había sido muy distinto de los primeros seis meses de nuestra relación. Se había volcado completamente en mí y yo me había volcado completamente en ser el hombre que ella merecía. Estábamos mejor y la vida nos sonreía. Durante los primeros seis meses, estaba constantemente esperando a que algo malo ocurriera y se la llevara de mi lado, pero después de ese tiempo nos habíamos asentado en nuestra nueva vida.

—Estás increíblemente guapa —dije dando un paso hacia atrás para verla mejor.

Abby estiró el brazo y me agarró de la solapa.

—Usted tampoco está del todo mal, señor Maddox.

Después de varios besos y abrazos e intercambiar anécdotas sobre nuestras despedidas de soltero —que aparentemente habían sido igual de tranquilas, al margen de lo del estriptis de Trent—, empezaron a llegar los invitados.

—Supongo que esto significa que deberíamos ponernos en nuestro sitio —comentó Abby.

No pude ocultar mi decepción. No quería separarme de ella ni un segundo más. Abby me acarició el mentón y se puso de puntillas para besarme en la mejilla.

—Te veo dentro de nada —prometió.

Dio media vuelta y volvió a desaparecer entre los árboles.

Yo volví al cenador y en poco tiempo todas las sillas ya estaban ocupadas. Esta vez teníamos público. Pam estaba sentada en la primera fila, en el lado de la novia, con su hermana y su cuñado. En la fila de atrás había un puñado de compañeros de Sigma Tau con el antiguo socio de mi padre, su mujer y sus hijos, mi jefe Chuck y su novia de turno, los cuatro abuelos de America, y el tío Jack y la tía Deana. Mi padre estaba en la primera fila del lado del novio, haciendo compañía a las chicas de mis hermanos. Shepley ejercía de padrino y mis testigos, Thomas, Taylor, Tyler y Trent, estaban de pie junto a él.

Todos habíamos visto pasar un año más, habíamos vivido muchas cosas y en algunos casos habíamos perdido mucho, pero ahora estábamos reunidos como una familia para celebrar algo que les había salido bien a los Maddox. Sonreí asintiendo hacia los hombres que tenía a mi alrededor. Seguían siendo la misma fortaleza infranqueable que recordaba de mi infancia.

Mis ojos se clavaron en la hilera de árboles mientras esperaba a mi mujer. En cualquier momento aparecería. Todo el mundo vería lo que yo ya había visto y se quedarían asombrados, igual que yo.

Abby

Después de un largo abrazo Mark me sonrió.

—Estás preciosa. Estoy muy orgulloso de ti, cielo.

—Gracias por llevarme al altar —dije algo avergonzada.

Solo de pensar en todo lo que él y Pam habían hecho por mí se me llenaban los ojos de lágrimas. Pestañeé para enjugarlas antes de que se me derramaran por las mejillas.

Mark me dio un beso en la frente.

—Es una bendición tenerte en nuestras vidas, pequeña.

La música empezó a sonar y Mark me ofreció su brazo. Lo cogí y avanzamos por un senderito irregular rodeado de frondosos árboles en flor. America temía que lloviera, pero el cielo estaba casi despejado y el sol brillaba a rabiar.

Mark me guio hasta el límite de los árboles, allí doblamos la esquina y nos quedamos detrás de Kara, Harmony, Cami y America. Todas excepto America llevaban un minivestido palabra de honor de satén violeta. Mi mejor amiga iba de naranja. Estaban absolutamente preciosas.

Kara me sonrió.

—Supongo que el inevitable desastre se ha convertido en una inevitable boda.

—Los milagros sí ocurren —dije, recordando la conversación que ella y yo habíamos tenido hacía toda una vida.

Kara soltó una risa, asintió y agarró el pequeño ramo de flores con ambas manos. Rodeó la esquina y desapareció entre los árboles. Luego la siguió Harmony y después Cami.

America se volvió hacia mí y me rodeó el cuello con su brazo.

—¡Te quiero! —dijo abrazándome.

Mark me cogió más fuerte y yo hice lo propio con mi ramo.

—Allá vamos, pequeña.

Doblamos la esquina y el pastor hizo un gesto para que todos se pusieran en pie. Vi los rostros de mis amigos y de mi nueva familia, y cuando me fijé en las mejillas húmedas de Jim Maddox, me quedé sin respiración. Me costaba mantener la compostura.

Travis extendió el brazo hacia mí. Mark puso sus manos sobre las nuestras. En ese instante me sentí completamente segura, sostenida por dos de los hombres más buenos que conocía.

—¿Quién entrega a esta mujer? —preguntó el pastor.

—Su madre y yo.

Sus palabras me dejaron atónita. Mark llevaba toda la semana practicando «Pam y yo». Después de esto, no pude reprimir las lágrimas que se agolpaban en mis ojos y empezaron a caer.

Mark me besó en la mejilla, se alejó y me quedé ahí de pie con mi marido. Era la primera vez que le veía de esmoquin. Estaba afeitado al cero y se acababa de cortar el pelo. Travis Maddox era la clase de bombón con el que sueña cualquier niña y era mi realidad.

Me secó las mejillas con ternura y nos pusimos en la plataforma del cenador, delante del pastor.

—Estamos aquí reunidos para celebrar la renovación de votos… —comenzó el pastor. Su voz se fundió con el ruido de fondo del océano rompiendo contra las rocas.

Travis se inclinó hacia mí y me apretó la mano mientras susurraba:

—Feliz aniversario, Paloma.

Le miré a los ojos, que estaban tan llenos de amor y esperanza como hacía un año, y susurré:

—Uno menos y la eternidad por delante.